月夜の探しもの

樹島千草

本書は書き下ろしです。

月夜の探しもの

Contents

月夜の探しもの

1

脇役たちの物語

公立月暈（つきがさ）高校天文部の部室は「空」からもっとも遠いところにあった。

部室棟と称される木造のプレハブ小屋は薄暗く、人が歩くだけで床がきしむ。錆（さ）びた外階段を誰かが使うたび、一階にある部室には工事現場のような騒音が響いた。

「ホント最悪なんだよ、ここ」

苛立（いらだ）ちと諦観（ていかん）混じりに天井をにらみ、部長の永盛勝（ながもりまさる）がぼやいた。二階に造られたサッカー部の部室から落雷のような笑い声が弾け、真下にいる天文部の窓ガラスがビリビリと震える。

「文化系も体育会系も一緒くたに詰め込まれてるから、治安が悪くてさ。女子の多い部活は空（あ）き教室を使わせてもらえるんだけど、弱小部の訴えは全然聞いてもらえないわけ」

「毎年台風のたびに潰れそうなほど揺れるし、梅雨（つゆ）にはあちこちカビも生えるしな」

「真上のサッカー部は人数多いし、うるさいし、ちょっと歩かれただけで地震みたいに……ああ、ほら」

ドドド、と轟音が鳴り響き、部室が激しく揺れた。天井の蛍光灯が今にも落下しそうな勢いで震えて点滅する。机に置いてあった紙コップの中で、オレンジジュースが大きな波紋を描いた。

サッカー部員が部室棟を出ていくと揺れが収まり、永盛たちは大きく胸をなで下ろした。まるでびくつきながら雷神の怒りをやり過ごすように。

「よし、これで今日は静かに過ごせる」

「せめて部室棟を使うのは俺たちだけにしてほしいよな」

紙皿に置いたチョコレートを口に放り込みながら、永盛たちは口々に言った。彼らの言う「俺たち」は天文部だけを指すのではなく、文化系の部全体を指すようだ。

――大人しく、善良で、勤勉な俺たち。がさつな体育会系とは違う俺たち。

「でもまあ、冴島が入部してくれて嬉しいよ。ザ、優等生！　って感じだし、途中でいきなり辞めたりしなさそうだし」

「来なくなるのはいいけど、辞めるのは勘弁な。一応この天文部って三十年の歴史があるのに、これ以上減ったら同好会になっちまう」

「同好会になるということは、今の部員数はもしかして……」

「冴島を入れて五人。去年の三年は五人いたんだけど、全員卒業しちゃったからさ」

部室内には年季が入った木材特有の甘い匂いと、燻された草のような埃の匂いが充満していた。壁には大きな天体図が貼られ、棚にはぎっしりと天文関係の書物が並ぶ。壁の上には天球儀が置かれており、調度品だけを見れば熱心に活動している部のようだ。

だがよく見れば壁の天体図は剝がれかけ、棚の書籍は日焼けしている。数世代前の熱心な部員が購入したきり、買い足されていないのだろう。

（ちゃんと活動してるんだろうか）

オレンジジュースをちびちびと舐めながら、亘は不安を覚えた。

三日前の入学式の後、体育館にて部活紹介のオリエンテーションがあったのだ。あらかじめ配られていた冊子に従い、数十にも及ぶ部が舞台に上がっては自己紹介をしていく。野球部やサッカー部、吹奏楽部や茶道部といった定番の部の他、月暈高校には珍しい部活がいくつかあった。グラスアート部や菌活部、科学部など。

天文部もその一つだ。

週に一度、学校の屋上で天体観測を実施し、知見を深めているという。上下関係はなく、専門知識の有無も問わないといわれたことに安堵し、亘は天文部の門を叩いた。

新入部員の歓迎会を開くといわれた時は、アットホームな部活で高校生活を送れそうだと喜んだのだが。

「あの、合宿はするんですよね？」

いつまで経ってもサッカー部への愚痴が終わらない永盛たちに不安になり、亘はそっと話題を振った。

「天体観測の合宿があると部活紹介の時に言ってましたよね。俺、星にはあまり詳しくないんですが興味があって」

「ああ、するよ。もちろん」

ようやく今日の目的を思い出したのか、永盛は頷いた。

「毎月、新月の週の金曜にな。まあ、参加は自由なんで、そんな身構えなくていいから」

「月一、ですか？　オリエンテーションでは週一と……」

「月が明るいと星はあんまり見えないから、週一でやる意味はないんだ。それに毎回、学校に申請しなきゃいけないし、終わった後は活動報告書も書かなきゃいけないし」

「望遠鏡を屋上まで運ばないといけないしな。次の日は全身筋肉痛だよ」

それな、と笑い合う部員たちを前に、亘は曖昧な笑みを浮かべた。

（参ったな）

早くもくろみが外れてしまった。

歓迎会まで開いてもらって、ここで辞めるとは言いづらい。自分が辞めたら廃部になるとまで言われてしまえばなおさらだ。

……どうにも困ったことになった。

情報の真偽も確かめず、安易においしい話に乗っかった亘のミスだ。まさかここまでやる気のない部だったとは。

月暈町は子育てしやすい町として評価が高い。

行政の支援や福祉が充実していて、保育園から大学まで、子供の成長に応じた教育機関が一通りそろっているためだ。

猫の額ほどの児童遊園もあれば、池やサイクリングコースを備えた広い公園もある。児童館では毎週のように体験学習や催し物が開かれ、空手やピアノ、水泳といった習い事の教室も町中にある。その気になれば生まれてから死ぬまで、月暈町で生きられると言われるほどだ。

ただこの言葉は過分に揶揄の響きも帯びている。

治安維持に重きを置いているため、月暈町に繁華街はない。居酒屋は少なく、映画館やスポーツ複合施設、ゲームセンターの類もない。公園で虫取りをしていれば時間を潰せた小学生ならまだしも、中高生には退屈な町だ。

好奇心や向上心を持たない者は月暈町で一生を終える。若者の間ではそう、真しやかにささやかれている。

『おっめえ、それじゃー小陽町と大差ねーじゃん！』

その日の夜、スマホの向こうでゼノが笑った。勝ち誇っているような浮かれているような、無遠慮で親しげな声だ。

中学時代からの友人、瀬能真理夫は当時から派手なファッションを好む少年だった。牧歌的な東北地方の一都市で、彼のような風貌は稀だ。どこを歩いていても人々の視線を集め、遠巻きにヒソヒソとささやかれる。

それでもゼノはひるまなかった。教師に注意されても動じずに七色に染めた三つ編みを揺らし、そうかと思えば七分刈りにした髪を真っ青に染めて登校した。そしてそんな生き様を貫くため、都会の専門学校に進学したのだった。

月暈町からゼノのいる町までは電車で三十分ほどだ。小陽町から引っ越した後も、いつでも会える距離に友人がいるのは亘にとって心強い。

『こっちはやべーよ。俺なんて全然フツーなの。その辺にゴロゴロいんの。ま、それはそれで目立たねー悔しさはあるけど？　モヒカンとかそり込みとか見ると、まだまだやれること山ほどあるわーって思うワケ！』

「ゼノもモヒカンにするのか？」

『バッカ、おめえ、センスゼロか。こういうのは「やりてえ」と「似合う」が両方大事だろーが！』

通話越しに、ゼノがギャンギャン吠えている。

ゼノの身長は百五十センチちょうどだ。厳つい髪型をしても凄みは出ず、かわいい印象を周囲に与える。かわいいと言われることを蛇蝎のごとく嫌うゼノにとって、「攻めた」髪型はリスクが高いようだ。

（まあ、見た目のことを言える立場じゃないが）

身長こそ百七十センチに届くほどだが、亘は自他共に認めるほど「華」がない。よく言えば「真面目そう」だが、悪く言えば「影が薄い」。色白で、コシのない黒髪がうなじを隠し、一重まぶたの瞳は「鋭い」ではなく「覇気がない」と評される。

自分なりに意思もやる気もあるつもりだが、いまいちそれが他人に伝わらないのだ。どうすればこの辺りの問題が解決できるのか、未だ解決策は見つからない。

『今までの俺は仮の姿だ。これからは電飾みてえに輝いて輝いて、輝きまくってやる！』

「ああ、頑張れ」

『もっと腹から声出せぇ！』

大声で活を入れられ、亘の鼓膜がビリビリと震える。

口は悪いが、仲間思いで一本気なゼノのことだ。もしかしたら、こちら側の声音から何かを察しているのかもしれない。

『で、そっちはどーよ』

案の定、ゼノが話を振ってきた。

亘はかいつまんで、入学式からの四日間について話した。一年Ａ組にはなじめそうだと言った時は愉快そうに相槌を打っていたが、天文部の話をすると、その声が渋くなる。

『週一じゃねえのか……。それ、ヘーキなんか』

「仕方ないさ。入ったばかりで無理は言えないし」

『報告書がメンドイとか、望遠鏡運びがダルいとか、それ言っちゃおしまいじゃねえ⁉学校にチクってやれよ！』

「各部活がどう活動するのかは、自主性に委ねているらしいからな」

それは受験当初、学校案内のパンフレットにも書かれていた。

月暈高校は生徒同士の助け合いを通して人間関係を学び、協調性と思考力を育んでいく。のびのびとした校風ゆえに誰もが穏やかで、健やかな人間性を養える学び舎だ、と。

対外的に作られたものなので、どこまでが本当なのかは分からない。ただ校内は清掃が行き届き、上級生が穏やかなのは確かだ。体育会系の部活と文化系の部活で多少の溝はあるものの、学校の治安もよい。

これが「自主性」のたまものならば、学校側の教育方針は正しい。あえて今、天文部の姿勢について学校側が指導することはないだろう。

『まー、確かにまだ分かんねーか』

気を取り直すように、ゼノは咳払いをした。

『おめえがずっと行きたがってたトコだもんな。なんか方法も見つかるさ』

「そうだな。せっかく入学できたんだから明るいことだけ考えてみるよ」

『そうそう、そのほうが父ちゃんも喜ぶって』

調子のいい相槌に、亘は思わず噴き出した。

だがそれくらい気軽に捉えてもらえたほうがありがたい。

(本当に、その通りだ)

月暈高校は父が通った高校だ。よほど楽しかったようで、幼い頃に亘は何度も聞かされた。あの学校で一生ものの友人ができた。かけがえのない体験もできた、と。

亘が高校受験を考え始める頃、月暈高校が候補に入ったのは自然な流れだ。母も反対しなかった。そして亘たちはこの春、東北地方から関東地方の月暈町へ引っ越してきたのだった。

「もし天文部が変わらないなら、それはそれで他の暇つぶしを考えるさ。やることは色々あるから大丈夫」

『そんときゃ、おめえもこっち来るか？ 俺、高校生でも入れるクラブ、探しとくし』

「ありがとう。でもクラブとかはやめておく。金もないしさ」

未成年が合法的に夜通し過ごせるクラブはない。あるのは「年齢確認をしない店」だけだ。それでは補導される危険がある上、何かあれば親に連絡がいってしまう。それは絶対に避けなければならない。

「お互い、いい学校生活になるといいな」

『おー、なんかあったら言ってこいよ』

「ゼノも」

『俺の話は長くなるぜ～』

ひひひ、と得意げな笑い声を残し、通話が切れた。明るいゼノの笑い声がしばらく鼓膜の奥に残っている。

その時、部屋の向こうでカタンと物音がした。

『亘ー、それじゃ母さん、行ってくるわね』

「あ、行ってらっしゃい！」

慌てて部屋を飛び出すと、身支度(みじたく)を整えた母が玄関へ向かうところだった。長い髪を後ろで一つに結び、ジーパンにロゴの入ったTシャツを合わせている。上からジャケットを羽織(はお)っているが、動きやすさを重視した格好だ。

ヒールのない靴(くつ)を履(は)く母を所在なさげに見守っていると、いつものように「別に見送らなくていいわよ」と返された。モゴモゴと返事に詰まっている間に、母は靴を履き終えている。

「じゃあね。戸締まりはしっかりして。電気やガスもね」

「分かってる。母さんも気をつけて」

「はいはい。……あ、亘、荷ほどきはもう終わったの？　後回しにするといつまでも片付かないから、早めにやっておくのよ」

「大丈夫、この前出した段ボールが最後だから」

「そう。ならいいわ」

簡単なやりとりを残し、母は家を出ていった。

その瞬間、ぐん、と部屋の空気が重さを増した。

鍵をかけ、短い廊下を通ってダイニングキッチンに戻る。片付いているが、これは引っ越したばかりだからだろう。ようやく荷ほどきを終えたばかりの家は生活臭があまりしない。

ダイニングキッチンを挟み、両側に内扉が二つある。向かって右側が母の私室、左側が亘の私室だ。

全ての電気を消しながら私室に戻り、亘はドサリとベッドに寝転んだ。

「ふう」

壁掛け時計の秒針の音が降ってくる。

――カチ、カチ、カチ、カチ。

まだ二十一時だ。日付が変わるまでに三時間はあるし、夜が明けるのはさらに先だ。

これから長い夜が始まる。長い長い長い長い夜が来る。

「…………」

中学一年の頃、亘は夜、寝られなくなった。毎晩ではない。週に三日だ。週の半分は寝られるため、身体に深刻な不調は起きず、薬に頼るところまではいかない。母も気づいていないだろう。

それでも寝られないというのは苦痛を伴う。安眠効果のある音楽やストレッチは意味がなかった。なんとかしようと躍起になり、中学時代はバスケットボールを始めてみたが、中三の夏に膝を壊してしまった。バスケが好きで夢中だったのではなく、気絶するように眠るために無茶な練習をしていたので当然だ。

幸い、軽い手術で治る怪我ではあったが、母をとても心配させてしまった。

（ああいうことはもうダメだ）

母を心配させることだけは、絶対しないと決めている。

三年前、父を病で亡くしてから母は一人で亘を育ててくれた。総合病院の薬剤師として日夜を問わずに働いた。

そんな母の負担にならないためにも、自分の悩みは自分で解決しなければならない。

読書は試した。動画配信サービスも眺めてみた。家中を掃除し、無料でできる通信講座を試したこともある。

だが全て失敗に終わった。やりたくてやっていることではないため、時間を忘れて没頭できないせいだろう。

――……、……だ。……だけが知ってる秘密の呪文……。

「…………？」

頭の奥深くで、途切れ途切れに声がする。優しくて、温かくて深みのある声。

何か大切なことを言われた気がするのに、肝心(かんじん)の内容が思い出せない。思い出さなければ、と焦れば焦るほど声は遠のき、すぐに声音すらも思い出せなくなる。

決まって、このパターンだ。

そして夜になる。

この長い夜の乗り越えかたを、亘はまだ見つけ出せずにいる。

2
チョコレートとペア制度

目の奥を刺すような朝日が月暈高校の正門をまばゆく照らしていた。

分厚い葉を付けた木々は太陽を受けて爽やかに揺れている。花壇の草花も色鮮やかに咲き誇り、キラキラと輝いていた。そんな草花のそばを通り、生徒たちが校舎に吸い込まれていく。金曜日とはいえ、疲れた様子の生徒はいない。新入生も上級生も、新生活に対する興奮が上回っている。

「うう……」

一方、亘は重い身体を引きずって正門をくぐった。

あちこちで弾ける笑い声が鼓膜に、きらびやかな朝日が網膜に突き刺さる。

昨日は結局、一睡もできなかった。眠気が薄い膜のように思考を覆っているせいで、目を開けながら夢の中をさまよっているようだ。

「おう、おはよ！」

「うあっ」

　突然、体当たりするような衝撃が肩の辺りで弾け、亘はつんのめった。受け身も取れずに転倒すると思った瞬間、今度は後ろからすさまじい力で引き戻される。

「びびったぁ。何、平気？」

「更荷（さらに）か……。馬でも突進してきたのかと思った」

　おはよう、と亘は苦笑しながら挨拶（あいさつ）を返した。肩に大きなボストンバッグを提げ、肩紐にサッカーのスパイクを引っかけた少年が笑っている。

　メンズ用のファッション雑誌から抜け出てきたような爽やかな少年だ。百八十センチを超す長身で、細身だがしっかりと筋肉のついた身体つき。毛先だけを明るく染めたツーブロックの髪形はまるで舞台やテレビで活躍する俳優のように垢抜（あかぬ）けている。

　人なつっこそうな笑顔といい、姿勢の良さといい、惚れ惚（ほぼ）れするほどの「好青年」だ。百人いれば、九十八人は彼に好感を抱くだろう。

　更荷晴良（せら）。五十音順に座席を割り当てられたため、一年A組で更荷は亘の後ろに座っている。

（天文部の先輩たちはサッカー部を毛嫌いしてるけど）

　更荷はいい奴だ。すでに一年A組の中心的存在なのも納得がいく。

「更荷は今日も朝練？」

「おう。来週早々に部内で紅白戦があるんだ。そこでレギュラーが決まるからな」

「自信ありそうだ」

「スタメンは分からないけど、ベンチ入りくらいはな〜」

　真上から降り注ぐ太陽のように更荷はカラカラと笑った。自分が選ばれることを疑ってもいない。傲慢（ごうまん）なのではなく、それだけ練習を重ねてきたのだろう。伸びやかに、純粋に、自分のしてきた努力を信じている。

「悩みとかなさそうだな。あっ、何事も悩まなそうだと言いたいんじゃなくて、更荷ならどんな悩みも自分で解決しそうという意味で」

「ま、大抵のことは？　なに、冴島（さえじま）はなんか悩みがあって寝不足とか？　目の下のクマ、すごくね？」

「はは……ちょっとな」

「サッカー部入る？　結構きついから、夜なんてぐっすりよ」

「中学時代、膝をちょっとさ」

「あー、そっかそっか」

　ちょっと、で全てをかわそうとした亘に、更荷は突っ込むことなくさらりと流した。触れられたくないことだと察してくれたようだ。

「あ、それならさ……」

「こらあああっ、そこ！」

更荷が何かを言いかけた時、二人の背後で怒声が響いた。

何事かと振り返ると、筋骨隆々としたジャージ姿の男性が一人の生徒の前で仁王立ちをしている。竹刀を手にした男性は図鑑に載っていそうな「体育教師」鹿江だ。生活指導も兼ねている彼は校内の風紀を正す大役を担い、連日張り切っている。

「うーわ、あれ、三枝だ」

体育教師に行く道を遮られている男子生徒を見て、更荷が複雑そうな声を上げた。同情というほど親身ではなく、かといって無関心というわけでもない。呆れ半分、興味半分といったところだ。

「…………」

「更荷、知ってるのか？」

「三枝致留。月暈二中で三年の時、同じクラスでさ」

音の響きが自分と似ていることに亘はまず驚いた。

——冴島亘と三枝致留。

だが、似ているのは姓名だけだ。山のように鍛えた体育教師を前にしても、「彼」は全く動じていない。

根元だけ黒を残した金髪で、眼光が鋭い。口元や目元には手当てもせずに放置している生々しい傷が散り、入学してから数日しか経っていないにもかかわらずブレザーの制服には喧嘩でできたらしい汚れが目立った。

「手本みたいな不良だよ。つっても大勢でつるんで暴れ回るタイプじゃなくて、いつも一人でいるほうの。中学時代から喧嘩ばっかりしてた」

更荷が亘にささやく。亘たちが「冴島」と「更荷」で前後の席を割り当てられたように、更荷と三枝も月暈第二中学時代、席が近いことがあったのかもしれない。

「いきなり殴りかかってきたりはしないけど、俺、不良ダメなんだよなあ。怖いし」

「平気な人はあまりいないと思うな」

「そりゃそーだ。高校ではクラスが別で安心安心」

「髪は戻してこいと言っただろう！　校則を守れないなら帰れ！」

まだ月暈高校のしきたりに慣れていない新入生を早めに矯正しておこうと思ったのだろうか。鹿江が威圧的に、三枝に竹刀を突きつけた。彼が血の気の多い生徒だというのなら、即座に反撃してもおかしくない。

「教師相手に暴力はまずいんじゃ……うん？」

ハラハラしながら事態を見守っていた亘は目を瞬いた。

殺気だった目を体育教師に向けたものの、三枝は黙ってきびすを返した。それきり立ち止まることなく、学校を出ていってしまう。

鹿江は一瞬唖然としたが、やがてにんまりと笑みを浮かべた。自分の威光で敵を蹴散らせたことを誇るように。

（いい学校だって聞いてたけどな）

　こうやって力で生徒を押さえつけ、表面上の穏やかさを保っているだけならば、それは「いい」とは言わないだろう。鹿江の姿に、亘は不快感を覚えた、父はこの学校でかけがえのない青春時代を過ごしたと言っていたが、当時とは色々と変わってしまったこともあるのかもしれない。

「喧嘩にならなくてよかったよかった」

　行こうぜ、と周囲に漂う緊張感を散らすように、更荷が軽快に告げた。

「そうだ、これやるよ」

　昇降口の辺りで更荷は何かを亘に差し出した。反射的に受け取り、亘は目を丸くする。

「チョコ？」

「眠気にいいらしいよ、チョコ。あとコーヒーも。それ、近所のお菓子屋の新作」

　その時、サッカー部の上級生らしき少年が更荷を呼んだ。慌ただしく亘に断りを入れ、更荷はそちらに走っていく。

　一人、上履(うわば)きに履き替えながら亘はしげしげと包みを眺めた。よくある市販のチョコレートだと思ったが、包みは簡易的で、店名も製品名も書かれていない。口に放り込むと、なめらかなチョコレートと同時に、コーヒーの芳醇(ほうじゅん)な香りがふわりと口内に広がった。

「うま」

丁寧（ていねい）にペーストされたコーヒープラリネがビターチョコに絡む。甘さは抑えめで、舌にべたついた甘さが残ることもない。

チョコレートにもコーヒーにもそこまで即効性はないだろうに、あまりにも感動したせいか眠気が遠のいた。

（どこで買えるのか、後で更荷に聞こう）

月暈第二中学に通っていたことからしても、更荷はこの街に長く住んでいるようだ。おすすめの店を教えてもらえれば、母との会話のネタになるかもしれない。

そう考えながら、亘は一年A組の教室へ向かった。


月暈高校は各学年、A組からF組までの計六クラスを備えている。一教室の生徒数は四十人強。少子化が叫ばれる昨今、まずまずの生徒数だ。子育てのしやすさを謳（うた）う月暈町ならではの現象だろう。

生徒数が多いと、一つ一つの行事も大がかりなものになる。文化祭や体育祭は準備期間も長く、毎年かなりの盛り上がりを見せるようだ。

「まあ、俺らにはどっちも関係ないけどな」

放課後、天文部の部室で永盛(ながもり)が言った。

活動らしい活動は月に一度の天体観測だけだが、暇な部員はここで放課後、時間を潰す。漫画を読む者、雑談する者、趣味の動画視聴に没頭する者……。天文部だが、星に関係した活動を行っている者はいない。

昨日の新人歓迎会で仲間として受け入れられたのか、永盛の態度は打ち解けたものになっていた。どちらかというと残念なほうに。

「文化祭も体育祭も、ですか？　文化祭は天文部もやることがあるんじゃ……」

「学祭で人気が出るのは文化部ヒエラルキーのテッペンにいる部活だよ。演劇部だったり軽音部だったり。体育会系の連中も大人しくしてりゃいいのに、ダンパだの喫茶店(きっさてん)だので他校生を大量に呼び込むし、俺らの出る幕なんてないの」

「ダンパ？」

「ダンスパーティー。合コンみたいなもんだよ、くだらね」

「学祭で合コン……」

亘には想像もつかない世界だ。目を丸くしていると、その反応を見た永盛は気を良くしたのか、にやりと笑った。お前もこっち側だな、と言いたげに。

だがすぐに顔をしかめてあくびをする。実際に眠いわけではなく、それくらい「ダルい」イベントだという意思表示だ。

「うちも、ずいぶん前は自作でプラネタリウムを作ったりしてたらしいけどな」

「プラネタリウムって作れるんですか？」

「簡単だよ。教室全体を黒い布で覆って、豆電球を貼り付けてもいいし、蛍光塗料を塗った星形の板を貼ってもいい。もっと本格的なやつも工作できるしな。うちの伝統だったらしいぜ。月暈高校天文部の学祭といえばプラネタリウム、みたいな」

「本格的な工作ってどうやるんでしょう」

「まず穴を無数に開けたアルミホイルを段ボール箱に貼るんだ。その箱に懐中電灯を置いて照らすと、穴から光が出て部屋の天井に投影されるって仕組み。段ボール一つ分じゃ星の数もたかが知れてるから、五、六個はいるかな。それを教室の真ん中に並べて、壁際に寝転がって見上げたら満天の星空なる」

「すごい……面白そうですね、それ」

具体的なプラネタリウムの製作方法に、亘は目を見張った。

無数に開けた穴のいくつかに赤や青のセロファンを貼れば、星に色を付けることもできる。代表的な星座を調べ、その通りに大小様々な穴を開けていけば、本格的なプラネタリウムになるだろう。

「俺、プラネタリウムって高い機材を買わないと無理だと思ってました。アルミホイルに穴を開けるだけなら俺にもできますし、よければ今年の学祭は……」

「いやいや、やらないって。俺は面倒だって話をしたかったの」

「でも」

「準備に何ヶ月もかかるんだぜ？　しかも当日はナレーションをしなきゃいけないから、ずっと会場にいなきゃいけないし、祭りでテンション上がった連中がいちゃつくのを見続けるとか最悪だろ。それに材料は段ボールとアルミホイルだから、もろいのなんのって。たった二日間のためだけにそこまでするなんて馬鹿馬鹿しい。今年も展示でごまかすさ」

永盛は感情のままにまくし立て、部室の隅を指さした。

筒状に丸められた模造紙が五本、所在なさげに棚の隙間に詰め込まれている。そっと開いてみると、銀河系の宇宙に関する研究発表だ。紙の端が変色し、ところどころ破けているが、内容自体はよく調べられている。

「三年前の先輩たちが作ったやつ。再利用させてもらってるんだ」

「もしかして、この三年間は毎年これを？」

「どうせ学校側は俺たちの発表なんて興味ないからな。使い回したところでバレねえよ」

永盛はなぜか得意げに笑った。教師にバレずに手抜きする自分たちを「賢い」と誇っているように。

（三年間、ずっとこれか）

誰か一人くらい、「今年は何か新しいことをしよう」と言い出す人はいなかったのだろうか。

(いなかったんだろうな)

プラネタリウムの作り方は知っていても、作らないなら意味がない。

面倒くさい、やりたくない、やっても無駄、と諦観と否定が降り積もり、天文部の部室の壁にべっとりと貼り付いている。

「ホント、ダルいイベントばっかだよ、ここ」

永盛がうんざりしたように吐き捨てた。

「ペア制度の話、もう聞いたか?」

「あ、はい」

永盛に話を振られ、亘は頷いた。入学式の後、自分のクラスに移動したところで担任教諭からさらりと告げられた話だ。ただ、詳しい説明はされないまま次の話題に移ったため、詳細は分からない。

「いずれ話があると思うけど、一年と二年でペアを組まされるんだ。男女もクラスも関係なく」

「何をするんですか?」

「色々だよ。テストの前は二年が一年に勉強を教える会があるし、体育祭の時は二年が一年の分のはちまきも作らされるし」

企業でいうところのメンター制度だ。入社時期の近い先輩が具体的な業務指示ではなく、社内ルールを教えたり、精神面を支えたりする。

「体育祭も学祭も、何かしらペアでやることがあるんだ。あとは月暈町の幼稚園や保育園向けにおもちゃを作らされるイベントもあったな。マジでダルい」

「面白そうに聞こえますけど……」

「実際に始まったら冴島も分かるよ。ダルい、半端なくダルい。まあ一年は恩恵を受けることもあるけど、二年はメリットゼロだからな。早くやめりゃいいのに」

ダルいダルい、と連呼されると、亘まで億劫(おっくう)になってくる。入学してからまだ数日しか経っていないというのに。

こんなことならわざわざ月暈高校を受験せず、地元にいればよかった、と亘は密かに肩を落とした。

環境を変えなければ、状況が変わらないと焦った。不眠症を治すためにも、やれることは全てやらなければならないと自分に言い聞かせていた。

だがそのために取るべき行動を間違えてしまえば意味がない。

――自分は、ここで三年間、無意味な時間を過ごすのかもしれない。

そのゾッとするような予感が振り払えない。

＊　＊　＊

カチカチカチ、と秒針が暗い室内に響き渡った。

まるで雨のように降りしきり、身体に染みこむ「刻」の音。ぐっしょりと濡れた身体は重く、仰向けだと肋骨が潰れそうな圧迫感を覚える。

重苦しさに耐えかねて寝返りを打つと、つかの間、呼吸が楽になる。もぞもぞと四肢を折り曲げ、収まりのよい場所を見つけると、亘は大きく深呼吸をした。

深く、深く、意識が闇の中に落ちていくようなイメージトレーニング。なんとか成功し、ふわりと身体が軽くなる感覚が訪れる。そのまま自分の意識を眠りの世界に落とそうとしたが……。

「…………う」

腕や足にしびれを感じた。

しばらく無視していたが、しびれは消えず、むしろ背中にじわじわと這い上がってくる。疼痛が治まらない。全身を内側から刺激してくる。

むずむずとうごめく違和感を振り払おうとして寝返りを打つも、もう遅い。今度は喉の渇きを覚えた。尿意も感じる気がする。

こうなるともうダメだ。あれこれ考えてしまえば、睡魔は一瞬で逃げてしまう。

「はあ」

しばらく粘ったが結局諦め、亘は目を開けた。

濃紺(のうこん)の闇が室内に充満している。

引っ越したばかりで、まだなじみの薄い部屋だ。勉強デスクと椅子(いす)。漫画や映画のDVDが少しだけ収まった小さな本棚。空(あ)いたスペースには中学時代、ゼノから旅行土産(みやげ)でもらった置物がいくつか並んでいる。

壁に好きな芸能人のポスターを貼っているわけではなく、スポーツで熱烈に応援している球団やクラブのグッズがあるわけでもない。ギターやベースといった楽器もなく、唯一の特徴といえば、棚の一番下に使わなくなったバスケットボールとボストンバッグが置いてある程度だ。

本当にバスケに打ち込んでいたら、これらはしまい込んでいただろう。

そうしなかったのは、バスケに思い入れがないせいだ。そもそも深刻な怪我(けが)ではなく、日常生活で歩いたり走ったりすることは問題ない。その程度の問題で諦めてしまえる程度の思いだった。

亘にとって問題だったのはバスケができなくなったことではなく、やめたせいで不眠症が再発したことだ。

毎日ヘトヘトになるまで走り回り、気絶するように眠りにつけた頃はよかったが、膝を壊した中学三年の夏からまた寝られなくなった。

幸い、当時は受験期だ。眠れない日は夜通し勉強し、第一志望の月暈高校に入学できた。もう少しレベルの高い私立高校も狙えると中学の担任には言われたが、それは元から選択肢に入らなかった。

今でさえ母には負担をかけているのだ。これで亘が私立へ行きたいと言えば、どれほど無理をさせたことか。

（きっと母さんは無理とは言わない）

父の残した遺産もあるし、亘が気にすることない、と言うだろう。自分一人で亘を立派に育て上げてみせる、と母は常に意気込んでいる。

今も小遣いは毎月渡され、足りなければ言え、とまで言われる始末だ。亘としては、自分も家計の足しになることがしたいのだが。

（そんなこと言ったら、親としてふがいないせいだ、なんて思われるかもしれないし……）

考えすぎかもしれないが、その可能性が脳裏をよぎるだけで具体的な一歩が踏み出せなくなる。

つらつらと考えながら、亘は自室を出た。

闇に目が慣れたので明かりはつけない。

今日も母は夜勤に出ている。亘の部屋の向かいにある部屋は静まりかえり、ダイニングキッチンにも廊下も亘以外に動く影はない。

一応トイレに寄り、亘はキッチンで冷蔵庫を開けた。ブゥン、という音と共に中から光があふれてくる。

（懐かしいな）

冷蔵庫からあふれてくる冷気が、ではない。扉を開けた時、中から光がこぼれ出る光景が。

亘が小学生の頃、母は働いていなかった。独身時代はバリバリと働いていたそうだが、出産と同時に退職し、子育てに専念したようだ。そのため、亘が帰ってきた時、当時住んでいた家にはいつも明かりがついていた。当然、小学生が寝る時間にもまだ両親は起きていて、リビングは常に明るかった。

亘が中学一年の時に父が事故で他界し、母が生活費を稼ぐために働き始め……亘は初めて経験したのだ。物音一つしない家で眠る緊張感を。

幸い、亘が眠れないのは母が夜勤に出ている月曜、木曜、金曜の三日間だけだ。週に三日、眠れないくらいなら隠し通せる。もうバスケはやれず、受験勉強の名目もないが、高校でもきっとうまくやれるはずだ。

「来週は天体観測があるし」

一人きりのリビングで、亘はテレビをつけた。

画面の隅に映し出された午前二時過ぎのデジタル時計を見ながら、夜明けまでの時間を数えること……。

それが今夜、亘のするべき作業だった。

3
秘密の場所

「えっ、中止？」

新月を終えたばかりの金曜のことだった。天文部に入部してから、初めての合宿日だ。

学校に一泊するだけなので、荷物はさほど多くない。着替え一式とタオルや歯ブラシを鞄（かばん）に詰め、亘（わたる）はそわそわした気持ちで授業を終えた。そこまではよかったが放課後、スマホを開くと天文部のグループSNSに、部長の永盛（ながもり）から連絡が届いていたのだった。

『今日、雨になるっぽいから合宿は中止でよろしく～』

あっさりとした連絡に、心得たように亘以外の部員が返信している。「オッケー」「また来月～」「オツカレサマです。ご連絡ありがとうございます」……。

誰も食い下がったりはしない。慣れた様子から、これが珍しいことではないと伝わってくる。

「雨？」

今、一年A組の教室から見上げた空は晴れている。四月の風が窓から吹き込み、授業中の気詰まりな空気を廊下に押し流している最中だ。

　確かに風は湿り気を帯び、天気予報アプリを見ると夜間の降水確率は五十パーセントを越えていた。雨が降れば、天体観測はできない。だがそれならそれで、できることはあるはずだ。

（……ないのかな）

　観測場所は月暈（つきがさ）高校の屋上だ。事前に申請することで毛布を借りられ、畳（たたみ）の敷いてある柔道場で就寝できると説明されたが、自室のようにリラックスできる環境ではない。漫画もゲームもパソコンもない中、やれることは限られる。気心の知れた仲間と一緒ならば話題も尽きないが、そこまで強固なつながりもない弱小部の面々では時間を持て余すだろう。

　永盛は学校への申請や報告書の提出も面倒くさがっていた。この様子では、彼から送られてきたメールの文面通り、四月の天体観測は延期ではなく「中止」なのだろう。

「おう、どうした？」

　スマホを呆然（ぼうぜん）と見つめていた時、不意に声をかけられた。

　教室を出ていく途中の更荷（さらに）が心配そうに亘を見ている。慌ててスマホをポケットにしまい、亘はぎこちなく笑みを作った。

「なんでもない。更荷は部活か？」

「レギュラーになったからには結果出さないとなー。夏の大会まであと少しだし」

「すごいな、本当にレギュラーになったのか」

「ま、俺は特別だからな」

「うわ」

当然のように言い切られ、聞いている亘のほうが言葉を失った。純粋な賞賛だったが、更荷は慌てたように両手を振り回す。

「いやいや、違うんだって。俺は特別でさ」

「だからすごいって」

「そういうことじゃなくて……あー、七光？」

「親がサッカー部のコーチとか？」

「コーチっていうか、プロ？　万年二部リーグの弱小だけど」

それでも十分すごいことだ、と亘は目を見張った。

プロのサッカー選手を親に持ち、幼い頃から英才教育を受けてきた男がごく普通の公立高校に入学してきたのだ。公式戦での勝利を夢見ていた部員たちは一気に活気づくだろう。スポーツ漫画の導入シーンのように。

「天文部とは大違いだな……。そういうことなら余計にすごいと思うんだが、更荷にとっては違うのか？　あ、下手なのに、親がプロだからレギュラーもらったとか……」

「お前も言うねー」

言葉選びを間違えた亘に、更荷は怒るでもなく笑った。

「一応、実力はそこそこあるはず……これでも小学校にあがる前からサッカーしてたしな」

「そんなに小さい時から？」

「ああ、でもそれだけやって、親からもみっちりプロの技を教えてもらって、それでも強豪校やユースのセレクションに受からなかったレベルってこと」

人好きのする笑みは変わらないが、声の表面がざらついた。まなざしも声音も。

「でもこうして輝いてるんだから、さすがだと思う。ああ、ところで」

更荷が会話を変えたがっている気配を察し、亘もやや強引に話を変えた。

「先週もらったチョコ、すごくおいしかった。なめらかで、コーヒーの香りがしっかりしてて甘すぎなくてさ。おいしすぎて目が覚めたよ」

「マジで⁉」

「ああ、あんなにおいしいチョコは初めてだ。あれ、更荷の家の近所に売ってるって言ってたよな。店の場所、教えてもらえないかな」

「……あ〜、まあそれはいずれ……。悪い、俺、そろそろ部活だわ」

身を乗り出して目を輝かせたのもつかの間、急に更荷はそそくさと立ち上がった。

時間を見ると、確かに授業が終わってから十五分は経過している。入学早々にレギュラーの座を勝ち取った新入部員の立場は不安定だ。真面目(まじめ)に部活に参加していないと、やっかまれることもあるだろう。

「悪い、引き留めて。部活頑張れ」

「気にすんなって。アレならまた持ってくるよ。今日はこれ、よかったら」

更荷はおもむろに鞄に手を突っ込み、亘にその手を突き出した。亘も反射的に手を出すと、ぽんと小さな包みを渡される。

「アーモンド?」

「……の甘塩(あまじょ)っぱいやつ。なんかうまそうだったから試しに」

モゴモゴと曖昧(あいまい)なことを言いつつ、更荷は手を振って教室を出ていった。わずかに足取りが弾んで見えたのは気のせいだろうか。

「間食用か?　……へえ」

小包にはアーモンドの他、ピーナッツやカシューナッツなど、何種類かのナッツが入っていた。どれもこれも、細かい粒が表面についていて、教室の蛍光灯の下、キラキラと光っている。

何気なく一つ口に放り込み、亘は思わずうなった。

カリッと煎(い)ったナッツにキャラメルの衣がかかり、粉砂糖と塩がまぶされている。甘塩っぱさと香ばしさの配分が絶妙で、手が止まらない。

（これもこの前のチョコと同じ店なのか？）

丁寧に作られているところからして、そんな気がする。こんなにおいしいスイーツを提供している店なら、きっと大人気店だろう。他にどんなお菓子が置かれているのか分からないが、どれも頬が落ちるほど絶品に違いない。

次こそ絶対更荷に場所を教わろうと誓いつつ、亘は帰り支度を整えた。更荷のおかげで少しだけ気分は晴れたが、爽快とはとても言えない。

「時間、潰さないとな」

ため息をつき、亘は学校を後にした。

亘の家は月暈町の端にある。学校の最寄り駅から電車で三駅。そこから十五分ほど歩いた場所だ。

今日は金曜日なので、母は二十一時頃に家を出て勤務場所の病院へ行く。その前に亘が帰宅したら、きっと母を驚かせてしまう。

天文部の合宿ではなかったのか。何かトラブルがあったのか。もしかして先輩に追い返されたのか、と尋ねてくる母に経緯を説明することを考えると気が滅入る。

「母さん、気にしてるしな」

亘が中学時代に怪我をしたことを。

『楽しいこと、なんでもしなさいよ』

母はいつもそう言う。淡々とした口調だが、常に気を張った表情で。

『そのために母さん、働いてるんだから。うちのことなんて気にしなくていいの。お小遣いが足りないなら言いなさい。バイトなんかで青春を無駄にしちゃダメよ』

バイト仲間と青春を謳歌する者もいるが、母からすればバイトはただの労働にすぎないようだ。息子には夢中になれるものを見つけてほしい。かけがえのない友人を得てほしい。恋愛も失恋も大いに結構……。そんな思いの「圧」を感じる。父がいないことで、息子に不便をかけたくないのだろう。金銭的にも、心理的にも。

亘としても、母の期待には応えたい。

天体や宇宙が大好きな先輩に熱弁され、週一の合宿で星に魅了され、自分も時間を忘れて熱中できればよかった。そうすれば、夜に起きていることが苦痛ではなくなる。自分は眠れないのではなく、星を見るために「起きている」のだと胸を張って言い張れる。

そんな願いを込めて、天文部に入ったのだが、現実はうまくいかない。天文部の面々は部活動に消極的で、亘は相変わらず不眠のままだ。

「なんとかしないとな」

ひとまず今は母の出勤時間まで時間を潰さなければ、と亘は月暈高校前駅の反対方向に足を伸ばした。

　引っ越してから日が浅いこともあり、亘は月暈町についても、学校周辺についても何も知らない。そのため緊張感が取れないままだ。その緊張が災いして、なおさら寝付けなくなっている気がする。

「この辺が『地元』になれば気も休まるだろうし……運動すれば、夜に眠くなるかもしれないしな」

　学校周辺は通学路ということもあり、あまり背の高い建物はなかった。昔ながらの鉄筋アパートや戸建ての家が多く、街路樹の植えられた歩道をのんびりと通行人が歩いている。個人経営の飲食店や家具などのリサイクルショップ。昭和の時代から経営していそうな電気店が軒を連ね、小道に入るとファンシーな小物が並ぶ雑貨店やベーカリーも見つかった。

「いい町だ」

　焼きたての小麦の香りが漂う中、亘は深呼吸をした。

　車もバイクも通らない、安全な小道。

　妙にリラックスした気分だ。歩いている感覚が和らぎ、周囲の音や光も淡くなり……なんだかうたた寝しているような気持ちが身体の奥に広がってくる。

　夢を見ている心地で、なおもゆったりと歩いていた時だった。

「……？」

ふと周囲を漂う空気が変わった気がして、亘は目を瞬いた。

スウッと現実感が戻ってくる。

金色の日差しで包まれていたような視界がクリアになると、亘はいつの間にか、見知らぬ路地にいた。

薄暗く、人気（ひとけ）のない場所だ。

密やかな緊張感が周囲に漂っている。

ただ、恐怖はない。どちらかというと神社や寺に立ち寄った時の感覚が近い。厳（おごそ）かで、穏やかで、澄んだ静けさだ。

何の変哲もない小道でなぜ、こんな感覚に陥（おちい）ったのだろう。

「あ……っ」

キョロキョロと辺りを見回した時、亘はふと「それ」に気づいた。

並び合う家々がパツンと途切れた先に、こんもりとした茂みがあった。森というには小さく、林というには木々が密集している。高さ二メートルほどの木々が互いに絡み合い、その奥を隠していた。

冷涼な空気がそちらから流れてくる。

そっと近づくと、植物の青臭（あおくさ）さが鼻をついた。中を覗（のぞ）くと、意外にもその先には「道」がある。

　――……が、……だ。

「え？」

　一瞬、何かが鼓膜（こまく）の奥で響いた。

　柔らかく、温かい声だ。思い出すだけで安心しきってしまうような深みのある、頼もしい声。

（父さん……？）

　何かに導かれるように、亘は小道に足を踏み入れた。

　パキパキと足下で小枝が音を立てる。蜘蛛（くも）の巣（す）は張っておらず、蛇やムカデの類（たぐい）も見えない。虫の羽音だけは絶えず聞こえるが、亘を攻撃してくることはなかった。

　そのまま五メートルほど、木々でできたトンネルを歩いていく。

「うわっ」

　バッと目の前に拓（ひら）けた景色に、亘は思わず声を上げた。

　こぢんまりとした公園がそこにあった。背の高い広葉樹に囲まれているため、まるで森の中にぽっかりとできた平野に見える。石造りの滑り台が一つと、カラカラに乾いたレンガ造りの池が一つ。そして飾り気のない登り棒が五本立ち、丸太や切り株を模したテーブルと椅子（いす）がポツポツと置いてある。

　それだけの公園だ。ブランコや回転遊具、シーソーといった複雑な構造の遊具はない。

砂場やジャングルジムもないため、子供が遊ぶには物足りなさそうだ。そして水飲み場や自動販売機もないため、ペット連れの人や散歩目的の人も立ち寄らないだろう。

さらには外灯もない。日の高い時刻ならまだしも、日が暮れたらこの公園は真っ暗だ。周囲の広葉樹が住宅街の明かりをシャットアウトしているため、夜になれば真の闇に包まれる。そうなると、住所不定のホームレスや犯罪者も居着かないに違いない。

「なんだ、ここ」

月暈町には公園が多い。もっと開放的な児童遊園や、多くの遊具を備えた公園があるのだから、遊びたい者は皆、そちらに行く。

この公園はきっと、誰にも需要(じゅよう)がない。

だが不思議と、亘は強烈な既視感(きしかん)を覚えた。街を駆け抜ける春風のように爽(さわ)やかで優しい気持ちが胸に去来する。

——帰ってきた。

そんな思いに襲われた。

ふらふらと足を進め、公園に入る。

「まるいつきのこうえん……?」

ふっと脳裏(のうり)に浮かんだ単語に、自分が一番混乱する。

何かを思い出しそうな予感に衝(つ)き動かされ、周囲を見回した時だった。

「おい、お前」

ガサリと公園の奥に生えていた木々が派手に音を立てた瞬間、何者かが姿を現した。

金色に染めた髪と、ナイフのようにきついまなざし。佇(たたず)まいだけで人々を威圧する風貌(ふうぼう)には見覚えがある。

「さ、三枝(さえぐさ)！　……くん」

月暈高校で入学早々、目立っている不良だ。体育教師にも目を付けられている三枝致留(いたる)が亘を見つけ、眼光を鋭くして詰め寄ってくる。

「お前、それをどこで……」

「わ、悪い！　悪気はなくて、なれなれしくしたつもりもなくて、今のはただ……」

「どこでそれを知った！」

「うっかり口から出ただけで！　……え？」

殴(なぐ)られる、と反射的に身をこわばらせたものの、覚悟した痛みはやってこない。肩を掴(つか)まれただけだ。

恐る恐る亘は三枝を見上げた。

「怒っているわけでは、ない？」

「何に対して」

「いや、『知り合いでもないのに名前を呼ぶな』とか、『誰の許可を得て入ってきたんだ』

とか」

「そんなことでいちいち怒るかよ」

「……なるほど」

　毒気を抜かれた亘にかまわず、三枝は肩を摑んだ手に力を込めた。攻撃するほど強くはないが、亘には振りほどけそうにない。

　金銭でもせびられるのだろうかと不安に思ったが、彼はまたもや思いがけないことを言った。

「お前、今、なんとか公園って言っただろ」

「ああ、昔、そんな単語を聞いた気がして」

　ひんやりとした地底湖に石を投げ込んだような感覚だった。今まで揺らぎもしなかった水面に波紋が現れ、幾重にも水を揺らしたような。

「まるいつきのこうえん……。あれ、なんだったんだ」

「絵本だ」

　戸惑う亘にかまわず、三枝は干上(ひあ)がった池を指さした。レンガ造りの池は特に植生に配(はい)慮(りょ)された造りではない。生き物の育つ環境を用意したのではなく、水遊び用の遊具なのだろう。そのため、一度干上がってしまえば苔(こけ)が生えることもなく、無機質なくぼみが残るだけだ。

「月光ソーダの池」

「月光ソーダ……」

「絵本の中で、確かそう呼ばれてた……気がする」

「あ……ああ、そうだ。そうだった！」

改めて亘の脳内で記憶が弾けた。

両手で抱えるほど大きな絵本を開く記憶だ。誰かのあぐらの中にすっぽりと収まり、亘は絵本を見ていた。穏やかで、落ち着いた渋い声が頭上から降ってくる。

『――はびっくりしました。まるいつきのこうえんは、つきのひかりを浴びて、おかしのこうえんになっていました。いけには、げっこうそーだが、あふれんばかりにみちています。しゅわしゅわパチパチと、ほしがはじけ、あたりにポンポンとんでいました』

そんな内容が脳裏に浮かぶ。

子供向けの文章だ。

だが、擬音語(ぎおんご)を多用し、幼い感覚に訴えかけるような穏やかな声で読まれると、どうしようもなく想像力を刺激した。

「月面チョコの滑り台と、流れ星キャンディの登り棒……だったな」

のっぺりとした石造りの滑り台に目を移す。

今、目の前にある滑り台はむき出しのコンクリートの塊だ。それが絵本の中では、とろとろと溶けた艶のあるチョコレートケーキとして描かれていた。小石のようなカラフルな粒チョコが滑り台の下に敷き詰められ、なんともおいしそうだった記憶が蘇る。

五本の登り棒もまた、クリスマス時期に飾られる白と赤の飴をねじって作るキャンディケインのような色合いだった。

(そうだ、絵本だ)

この公園に足を踏み入れた時、強烈に感じた既視感の原因はそれだ。

亘がまだ文字を読めなかった頃なので小学生になる前だろう。安定感のあるあぐらはおそらく父。その膝に座り、亘は何度も一冊の絵本を読んでもらった。

「ある夜、眠れずにいた子供がベッドを抜け出し、普段遊んでいる公園に行く……みたいな内容だったよな。満月の下で、見慣れた公園がお菓子の公園に変わってた……。あの絵本、ここが舞台だったのか」

遊具の種類が一致しているため、間違いない。

「あんなに好きだったのに忘れてたなんて信じられない」

「タイトル、覚えてるか」

なぜか三枝が真剣な顔で尋ねてきた。

困惑しつつ記憶を辿ってみたが、さっぱり思い出せない。亘の脳裏に浮かぶのは、ベッドから主人公が起き上がるシーンと、お菓子の公園に足を踏み入れたシーンだけだ。お菓子の描写がおいしそうだったことと、絵本を読み聞かせてもらっている間、楽しかったことしか覚えていない。

「やっぱりか」

亘が首を横に振ると、三枝は顔をしかめた。失望と焦燥感がその目にちらつく。

「三枝……くんも覚えてないのか」

「きもちわりいな。普通に呼べよ」

敬称を付けたら怒られた。

「後で怒らないなら……」

「お前は俺をなんだと思ってんだ」

「いつも喧嘩してる目立つ不良……」

「俺から売ったことはねえ。それに目立つっていったらお前だろ、冴島亘」

「ええと」

どう答えていいか分からず、亘は曖昧に苦笑した。

三枝が言っているのは入学式のことだ。亘は壇上で新入生代表の挨拶を行った。

秀才だからではなく、単に中学三年時、不眠症に苦しむ時間を勉強に充てたことで入試試験を首席で突破できただけだ。

「絵に描いたようなガリ勉が、マジで頭いいってことあるんだなって思ったんで覚えてる」

「ガリ勉……。まあ否定はできないが、ここに入りたかったから頑張っただけだ」

「そこまで特徴のある学校じゃねえだろ」

「父さんの母校なんだ。でも入学した後まで勉強するほど好きじゃないし、この先、俺が目立つことはもうないさ」

「ふうん」

「それより絵本の話だけど」

亘は脱線しかけていた話を戻した。

「すごく好きだった気がする。また読み返したいんだが、通販で取り寄せられないかな」

「タイトルが分からなきゃ探せねえだろ」

「内容をネットで検索するのは……」

「曖昧すぎて山のように引っかかる」

亘をからかっているようには見えなかった。渋面を作る三枝は真剣だ。もう何度も自分で試したのだろう。

試しに亘も、自分のスマホにいくつかキーワードを入れてみた。「絵本、夜、公園」「絵本、お菓子、月」「まるいつきのこうえん、月光ソーダの池」――。

　手当たり次第に試したが、三枝の言うとおりだった。

　どのキーワードも他の単語が検索に引っかかるのだ。月暈町ではない夜景の綺麗な公園の画像や、ベストセラーになっている絵本、月の満ち欠けを解説しているホームページが出てくるばかりで、目当ての絵本は見つからない。しかも数多くのサイトを見ているうちに、せっかくおぼろげに思い出していた記憶のほうがぼやけていく。

　ついに亘は諦めて肩を落とした。

「ダメだ……。図書館とか児童館に行って、探したほうが早いかな」

「それも無理だ。どこも相当売れてるやつか新作しか置いてねえ」

「すでに調べてたのか。三枝はなんでそこまで……」

　不良と名高く、生活指導の教師に目を付けられるほどの男が、これほど絵本にこだわっているのは奇妙に思えた。

　首をかしげる亘に対し、三枝は悩むようなそぶりを見せた。絵本を探していることを他人に知られたくないのだろうか。

（俺も）

　不眠症のことを他人に話すのは抵抗がある。勉強やイジメ、恋愛など誰が聞いても深刻な悩みだと分かることが原因ならともかく、自分は「家に母がいない日」限定だ。なんというマザコン、と呆(あき)れた目で見られる可能性が高い。

「話したくないなら無理には……」

「……たから」

「え？」

「宝を埋めた、って言われたんだよな。ガキの頃」

三枝はため息交じりに言葉を紡(つむ)いだ。亘を信頼して打ち明けたというより、もう自分一人では打つ手がないと途方に暮れているように見える。

「誰に？」

「親父(おやじ)。絵本を読みながら、どっかのページを指さして、『ここに宝を埋めた』みてえな」

「絵本の中に？　宝を？」

それだけ聞くと、三枝が夢を見たのではないかと言いたくなる。

ただ目の前には「タイトルも思い出せない絵本」に酷似(こくじ)した公園がある。同じ絵本を読んだ者が二人いる。偶然の一致とは思えない。

「この公園のどこかに宝を埋めた、ってことか？」

「そうじゃねえかと思ったが、どのページのどこを指さしたのかも覚えてねえ」

「お父さんに聞くのは？」

「十年前、病気で死んだ」

「……そうか、悪い」

三枝も亘と同じく、父を亡くしていたとは。

しかも十年前となると、自分たちはまだ小学校の低学年だ。突然の別れを受け止めるにはつらすぎる。

「ま、どうでもいいことだ」

かける言葉を思いつかずにいた亘に、三枝は肩をすくめた。感傷的な空気を蹴散らすように、彼は亘に背を向ける。

「本当に埋めたのかも分からねえし、今も残ってるかどうかも分からねえ。もう忘れろってことだろ」

「でも」

「もう来ねえ。じゃあな」

そのまま本当に公園を出ていく背中を亘は見送った。

今になって絵本を探そうとしているのだから、三枝も現物はとっくに紛失しているのだろう。

絵本のことなど忘れて成長し、何かのきっかけで記憶が蘇った……。

たった今、亘自身も体験したことだ。忘れていたことが嘘のように、その記憶は痛烈に感覚を刺激し、亘に訴えかけてくる。

大切なものだった。大好きなものだった。忘れていいものではなかった。

切実なこの衝動はこの先、もう忘れられそうにない。

宝探しをやめると決めたとしても、その記憶は三枝の中に残り続けるのではないだろうか。

「……あ」

立ち去る気になれず、亘は公園内を歩いてみた。

干上がった池の隅や滑り台の裏に掘り起こされた痕跡がある。そこまで広範囲でもなく、深くもない。つま先で蹴りつけて掘ったような形状で、深さも五センチ程度だ。

三枝だろう。宝が埋められた場所も分からないまま、思いつきのように少し地面を掘ってみて、すぐに我に返って足を下ろす……。そんな感情の揺れ動きが伝わってくる。

十年前に他界した父が残した「宝」を追い求めたい気持ちと、今更子供じみた宝探しをしようとする自分に対する呆れや嫌悪感。

それらの相反する感情の収めどころが分からず、三枝は喧嘩で発散しようとしているのかもしれない。

噂(うわさ)されているほど怖い男ではないのかもしれない、と亘は三枝の去った方向をしばらく見つめた。

4

魔法の呪文

さあ、もう寝るよ、と穏やかに促される時間帯が好きだった。

父はいつも帰りが遅い。亘が夕食も風呂も終わった後に帰ってきて、風呂を済ませ、食卓につくと、母とばかり話をしている。今日はこういうことがあって、まだ終わりそうになくて、でもできるだけ早く帰ってくるから、いつもごめんね、大変だよね、ありがとう、と母に向かっている。

父が帰ってくると母はとても嬉しそうで、声も顔も輝いていた。父の話に相槌を打ちながら、母もよく話している。今日はこんなことがあって、あの人にこんなことを言われて、そろそろアレの準備をしなければならなくて、あなたにはコレをしてもらいたくて、疲れているのに大丈夫かしら、いつもお疲れ様、ありがとう、と。

二人のやりとりを邪魔するのはダメだ、と幼心に感じ、亘はいつもテレビに熱中しているフリをした。だが同時に、チラチラと父の方を気にしてばかりいた。

父が食事を終え、一息つく頃になると、ジッとテレビの前に座っているのも苦痛になった。何度も見てしまうと、それに気づいた父が面白そうに笑い、亘に近づくと、ひょいと軽々抱き上げる。

『さあ、もう寝るよ』

まだ眠くない、と亘は言う。

これは合い言葉のようなものだ。父子の間で決まっている定型句。

『好きな本を一冊、持っておいで』

一冊の本を読む間だけ、父は亘に向き合ってくれる。話を中断して、保育園での話をしてもかまわない。本の内容を元に、空想を繰り広げても怒らない。ふざけて暴れたり、関係ないことをしてしまうとその時間が終了してしまうが、ルールさえ守ればかなり長い間、亘は父と話すことができた。

母が会話に入ってくることは滅多になかった。亘は疑問に思ったことはなかったが、両親の間で取り決めがあったのかもしれない。

亘が父の元に持っていく絵本は、いつも同じだ。

表紙には柔らかい金色の光を放つ、大きな月が浮かんだ夜。

灰青色の闇が漂う、小さな公園。

『亘は本当にこれが好きだな』

大判の絵本を差し出すたび、父は嬉しそうに笑った。

『気に入ってくれて嬉しいよ。亘は今日、保育園で何食べたんだ？』

――えっとね、おからのくっきーと、じゅーす。おれんじの。

『おいしそうでいいなあ。友達と一緒に？』

――うん、でもはるくんはりきくんをおしたから、みかせんせーにおこられたんだよ。

『喧嘩になっちゃった？』

――ちゃんとごめんなさいしたから、だいじょうぶ。おひるねのあと、さんにんであそんでね、それから……。

つたない亘の言葉を、父はいつもうんうんと頷いて聞いてくれる。

何を話すかはどうでもよかった。父が亘の話だけを聞いてくれることが嬉しくてたまらなかった。

もう寝るよ、と何度も言われ、そのたびに眠くないと言い返す。

寄り道しながらページをめくっていき、最後のページにたどり着く。その瞬間はいつもとても残念で……だがいつもとてもわくわくした。

『それじゃあ眠くなる呪文を唱えよう』

――うん！

『唱えたらどんどん眠くなって、どんどん身体は重くなって、どんどん目を閉じたくなって、いつだってどこだって眠れるぞ。じゃあ、一緒に……』

――……、…………、…………。


「……呪文」

目覚めた瞬間、亘は思わず呟いた。

木曜と金曜に眠れぬ夜を過ごすせいか、その反動で土曜の夜はいつも夢も見ないほど深く眠る。そしてまた月曜の夜には眠れない……。

それらに挟まれた月曜の朝だった。

久しぶりに父の夢を見た嬉しさと共に、夢の内容を整理することに時間を要する。

「タイトルは……ダメだ」

月に照らされた公園の表紙は覚えている。上部に丸みを帯びた文字が書かれていたことも思い出せる。だが、肝心のタイトルについてはいくら頭をひねっても出てこない。

おそらく幼い亘の目を通し、夢を見ていたからだろう。まだ文字を習っていなかった亘は表紙に書かれたタイトルをただの記号と認識していた。そのため、意味のある文字列として記憶に残らなかったに違いない。

「父さんとの会話には出たはず。『本当にこれが好きだな』ってよく笑われて……お菓子……いや、夜更かし……」

それらしい単語は思い浮かぶが、いまいち確証を得られない。

いても立ってもいられず、亘は慌ただしく学校へ行く準備を整えた。そっと部屋を出てリビングに向かうと、まだ明かりは消えている。亘の部屋の向かいにある内扉は閉まり、物音一つしない。

そっと扉に耳をあてると、すうすうと寝息が聞こえてくる。そのことに無性に安堵(あんど)しつつ、亘は小声でささやいた。

「行ってきます」

棚(たな)に常備してあるレーズンパンを一つ手にして家を出た。この三年間、毎朝レーズンパンを食べているためさすがに飽きるが、一応レーズンは果物だ。食パンのみで腹を満たすよりはまだ栄養価が高い気がする。

最寄り駅に着くまでにパンを食べきり、通勤ラッシュで混み合う電車に乗る。月暈(つきがさ)高校前駅に着くと、ホームも歩道も亘と同じ制服を着た生徒ばかりを見かけた。まだ幼さを残した顔立ちの少年も、すでに社会人かと見まごう貫禄(かんろく)の少年もいる。たかだか三歳しか違わないというのに、全くそうは見えないのが不思議だ。

生徒たちの流れに沿って泳ぐ魚のように、亘も彼らの一部になる。その時、前方によく目立つ金色の頭を見かけた。

「三枝(さえぐさ)！」

生徒たちの間を縫うようにして駆け、亘は三枝に並んだ。三枝がぎょっとしたように見下ろしてくる。

「おはよう。話したいことがあるんだ。ちょっと来てくれ」

「待て待て。お前、何を……」

「なんだ?」

声を潜めて何かを問うように話しかけられ、亘は首をかしげた。三枝の視線を追い、辺りを見回してみると、焦ったようにあちこちで目をそらされる。

(そういうことか)

見るからに不良然とした三枝と会話していることを驚かれているようだ。

こういう視線には覚えがある。中学の頃、誰に怒られようと個性的なファッションをつらぬいていたゼノと遊んでいた時も似たような視線を浴びた。亘が一人でいる時を見計らって「無理矢理付き合わされているんじゃないか?」と話しかけてきた教師もいたほどだ。

「俺、入学式で新入生代表の挨拶をしたよな」

「だからなんだよ」

いぶかしむ三枝に、亘は続けた。

「この状況を見た奴は『実は冴島が不良だった』と『実は三枝が優等生だった』のどちらに考えを改めると思う?」

「前者だろ」

「試してみよう」

ちょうど正門にさしかかったところだ。この日も竹刀を片手に、仁王立ちしている生活指導の教師鹿江を見つけ、亘は深々と頭を下げた。

「おはようございます！」

「おう、おはよ……うぉ？」

鹿江の目がせわしなく亘と三枝の上を行き来する。ダメ押しとばかりにもう一度ハキハキと挨拶し、亘は三枝の腕を引いた。三枝の金髪を注意する声は飛んでこない。

「多分俺の勝ち」

「……お前、意味分かんねえな」

呆れたような三枝の顔が小気味よい。

「殴られたり怒鳴られたりしたら全力で逃げるが、三枝にはそんなことされてないしな」

「これからされるとは思わねえのか」

「そう聞いてくる奴は大丈夫だ」

亘は別に怖いもの知らずな性格ではない。危機管理が甘いわけでもなく、仮に何もしていない時に怒鳴られれば、その相手からは距離を置く。

だがゼノも三枝も、理不尽な敵意を亘に向けたことはなかった。ならば今、亘が警戒する理由はない。

「昔、父さんと話す時間がすごく好きだったんだ」

一限の授業が始まるまでの間、亘は屋上に足を向けた。常時立ち入り禁止にしている学校もあると聞くが、月暈高校の屋上には鍵がかかっていなかった。天文部の永盛からそう聞いた時は意外に思ったが、実際に向かってみると、その理由にも納得がいく。

屋上には大小様々なプランターが置かれ、春の花が咲き誇っていた。その間を縫うようにベンチがあり、自由に使えるようになっている。

転落防止用のフェンスは高く、頑丈だ。事故防止を徹底した上で、屋上の空間も有効活用している。

「仕事が忙しくていつも夜遅く帰ってくるから、少ししか話せなかったんだけどな。それでも毎日、俺のために時間を作ってくれた」

「親父さんは？」

「三年前に事故で」

朝の風が爽やかに吹いていた。空は青く、うっすらと白い雲がかかっている。

穏やかな雰囲気の中で父の話をする自分がなんだか奇妙に思えた。

まるでドラマの一場面を演じているような収まりの悪さに襲われる。もう乗り越えたと思っていたのに、心の奥がまだ波打った。

「事故死って嫌だよな。今日も昨日と同じ一日が来ると思っていたのに、突然目の前からいなくなるから、なかなか心の整理ができない」

「病死も最悪だ。じわじわと弱っていく姿を見せつけられる」

「確かに。比べられないか」

三年前に事故で父親を亡くした亘。

十年前に病気で父親を亡くした三枝。

性格も、育った環境も全く違うのに、その共通点だけで、なんだか話ができる気がした。

……いや、共通点はもう一つあった。

「夢に例の絵本が出てきたんだ。月と、あの公園が描かれた表紙じゃなかったか？」

「それだ。あの出入り口のアーチっぽいところから公園に入ってくる構図だった」

不思議なものだ。亘は昨日まで、その絵本の存在すら忘れていたのに、実際に公園を見つけ、三枝と話しただけで過去の記憶が蘇る。

「ただタイトルは思い出せなかった。『お菓子』とか『夜更かし』とかがついていた気がするんだけど」

「言われてみれば……。あー、夜更かし森……夜更かし町……夜更かし公園……なんかそんな感じだったような」

先ほどのように亘の夢が呼び水となって一気に解決しないかと期待したが、結果ははかばかしくなかった。「よふかしなんとかの、なんとか」だった気がする、というところまでは絞り込めたが、それ以上は二人とも、どれだけ頭をひねっても出てこない。

「タイトルが分かれば、国会図書館に行けばいい。ここから一時間ほどかかるが、たいしたことないだろう？」

「ああ、まあ……」

「作者か出版社が分かれば、そっちから絞り込めたんだけどな。出版社に行けば原稿が残っているかもしれないし、在庫があるかもしれない」

「まあ、そうだろうが……冴島、どうした」

いぶかしげに三枝が亘をジッと見た。

「やけに乗り気じゃねえか。昨日はそんな感じじゃなかっただろ」

「それは……三枝も見つけたがってたじゃないか」

「俺は、そこまでじゃねえ」

一度宝探しを諦めると言った手前、三枝は即答する。

だが先ほど亘が夢の話をした時は勢いよく詰め寄ってきた。口では「諦める」といいつつ、未練があるのは明らかだ。

「三枝は絵本の最後に、呪文があったのは覚えてないか？」

「あー、言われてみれば……。速攻で寝られるおまじない、みたいなもんだったような」

「それ、どんな呪文だったか、分かるか」

なぜそんなことを聞く、と言いたげに眉を顰める三枝に亘はわずかな緊張感を覚えた。

今まで、ゼノにしか言ったことがない話だ。ゼノの時も自分の意志で打ち明けたというよりは、隠し通せなくて知られてしまったというのが正しい。中学一年の時に寝られなくなり、動揺と混乱の中で自分を痛めつけるようにバスケに打ち込んでいた過程で知られてしまった。

今は何も起きていない。そんな中、自分から話し出すのは勇気がいる。

（でも）

亘は意を決して口を開いた。

「寝られないんだ」

「寝られない？」

「父さんが死んで、母さんが夜勤に出るようになってから三年間。なんとかしようとしたんだが、どうにもならない」

「…………」

三枝は笑わない。馬鹿にもしなかった。

「昔読んだ絵本の『眠れる呪文』を今知ったところで、本当に眠れるようになるとは思ってないさ。でもバスケもできなくなって、受験勉強のために起きてるって言い訳もできなくなったから、いずれ母さんにバレそうだ」

「バレたらまずいのか」

「母さんが知ったら、自分のせいだと絶対責める。そういう思いはさせたくない」

本当は、こんな風に一人で悩んでいるほうが間違っていると分かっている。母はふがいないと自分自身を責めるはず、亘の不眠を心配するはず、と勝手に想像し、一人で空回っているのがどれだけ滑稽なことなのか。

……だが分かっていても、母に打ち明けたいと思えない。自分が欠陥を抱えていると知られるのが怖い。

「父さんの通夜や葬式の時、母さんは集まった親戚にずっと『私が亘を立派に育てます』って言ってたんだ。何人かが心配したり、一緒に住むかと提案した時も全部断って、『私が』って」

「親戚宅に転がり込むのも気まずいだろ」

「あはは……まあ、今となっては俺もそう思うよ。古い考えが残ってる地域だったから、女手一つで子育ては無理だ、みたいな考えも残ってた」

母はそういう決めつけを嫌い、故郷を後にする決意を固めたのかもしれない。亘が月暈高校に受験したいと言ったのは彼女にとってもいいタイミングだったのかも。

きちんと母と話したことがないため、全て想像でしかないが。

「うちは多分、父さんを中心にした家族だったんだ。俺も母さんも、父さんの方を向いてた。だから今は多分、少しだけうまくいってない」

「家がゴミ屋敷になったり、お前が家に帰らなかったり、お袋が変な男に走ったりしたわけじゃねえんだろ。それなら別に、たいしたことじゃねえよ」

「それは、まあ」

それらの極論と比較されると、確かにたいしたことないのかもしれない、と思えてくる。話すつもりのなかったことまで打ち明けてしまった気まずさに苦笑していると、ややあって三枝が息を吐いた。うんざりしたがゆえのため息ではなく、心につっかえているものを押し流すような音に聞こえた。

「……分かった、付き合ってやる」

「本当に？」

「まあ、俺もこのままよりは……。別にやらねえならそれでかまわねえけどよ」

モゴモゴと自分に言い訳するように呟き、三枝は覚悟を決めたように亘に向き直った。

「俺は宝を、お前は眠れる呪文を手に入れる。それでいいんだな」

「ああ！　よろしく」

感極まって手を差し出したが、それは無視された。そういうなれ合いは無理らしい。

「でもどうするつもりだ。手がかりはもうねえぞ」

ちょうど一限の授業に向けた予鈴が鳴った。

月暈高校の校舎は各学年の教室が収まっている学生棟と、美術や音楽といった専門教科用の教室が集まっている専科棟に分かれている。それぞれ四階建てで、学生棟の四階には一年生の、三階には二年生の、二階には三年生の教室があった。

日々の移動は大変だが、四階はもっとも空に近い。亘は四階にある一年A組が気に入っていた。この日も三枝と連れだって屋上を出る。

「昨日、軽く言ったが、市内の本屋や図書館はもう全部回った。古本屋や児童館もな。なんか記憶に引っかかる絵本がねえかと思ってよ」

「見つかったか?」

「さっぱりだ」

それも納得できることだ。書店は頻繁に取り扱う書籍が入れ替わる。図書館や児童館も限られた空間に様々なジャンルの本を置く必要があるため、作品は厳選するだろう。

ベストセラーになった本なら年中棚に置かれるだろうが、三枝が探し回っても見つからないとなると、おそらくあまり売れなかったに違いない。十年以上前にぽつんと一度出たきりの絵本であり、今はもう市場には出回っていないと考えたほうがよい。

「やっぱり国会図書館に行くのが一番だろうが、そのためにはタイトルか作者名を特定する必要があるよな……。ただ正直、それらが全部分からなくてもなんとかなると思う」

「どういうことだ？」

「三枝は宝が埋まっている場所を思い出せればいいんだよな？　俺も呪文が分かれば、それでいい」

「だから絵本を見つけねえとダメだって話じゃねえか」

四階に降りても三枝は首をかしげている。まだピンときていない様子だ。

右手側の廊下沿いにA組からC組までが、左手側にD組からF組までが並んでいる。亘はA組、三枝はD組なので、階下で左右に分かれることになる。授業が始まる直前で、慌ただしく廊下を走る生徒たちに流されかけつつ、亘は別れ際に言った。

「これまで、少し話しただけで記憶が蘇ってきただろ。同じことを繰り返せば、さらに思い出すかもしれない」

「これからもお前と膝つき合わせて話し合えってか」

「嫌なら別の方法を考えるけど……」

「放課後、あの公園に集合だ」

それだけ言うと、三枝はきびすを返した。不承不承ではあるが、協力してくれるようだ。

（前途多難だな）

だが、暗澹たる気持ちではない。

……この曖昧な記憶をたぐり寄せ、眠れる呪文を思い出す。

それが今の亘にとって、唯一の望みの綱だった。

5

ひとすじの希望の光

閉め切った体育館にはほのかな圧迫感が漂っていた。気詰まりというほどではないが、開放的とはとても言えない。館内のあちこちについている扉が全て閉ざされ、二階に設置された窓からも光が差さないためだろう。見上げた空はどんよりと重く、かろうじて見える広葉樹の葉も暗緑色で重々しい。

（今日は雨、降るかな）

亘(わたる)は窓を見上げ、ため息をついた。昨日の放課後、三枝(さえぐさ)とともに公園に行った時のことを思い出す。

昨日も放課後になるにつれて灰色の雲が空を覆(おお)い始めた。水分をたっぷり含んだ重い空気が漂う中、公園を歩いてみたが、成果があったとはとても言えない。

『えっと……三枝はこの公園を見て、何か思い出すことはあるか？』

『ねえよ。というか、それは散々やったわ』

『そうだよな……』

亘があの公園を見つけた時、三枝はそこにいた。おそらく何度も足を運び、幼い頃の記憶を思い出そうと一人で悪戦苦闘していたのだろう。

『写真を撮ってみるっていうのはどうだ？　今、目で見る景色は三次元だが、絵本は二次元だろう。一度撮影してみて、その映像を元に記憶を辿るっていうのは……』

苦し紛れにそう提案した時はいい案だと思った。

ただ残念ながら、結果には結びつかなかった。

（角度の問題か、そもそも意味のないことだったのか……）

持っていたスマホで角度を変え、サイズを変え、何枚も写真を撮ってみたが、幼い頃の記憶は何一つ蘇らなかった。それどころか、淡く、優しい思い出がどんどん鮮明な現実の光景に塗りつぶされていく。このままではおぼろげに覚えている絵本の映像すらも消えてしまいそうで、亘たちは肩を落として解散したのだ。

（他の手を探さないと）

何も思いつかないが、焦りだけは募っていく。

ふと、カン、カラン、コロン、と小石がパラパラと跳ねるような音がした。雨音だと気づいた生徒たちがそこかしこでざわめいた。

「静かに！　おらお前ら、静かにしろ！」

舞台下で仁王立ちした体育教師鹿江が声を張り上げた。大騒ぎしていたわけではないのに叱責(しっせき)され、生徒たちの間にうんざりした空気が流れる。

まだ入学して一ヶ月も経っていないが、鹿江はすでに一年生の間で「もっとも苦手な教師」ランキングの一位を獲得していた。亘が天文部の先輩たちに聞いたところ、二、三年生の間でもトップを独走しているそうだ。

「いつまでも中学生気分でいるんじゃないぞ！　高校ってのは義務教育じゃないんだ。嫌ならいつ退学したってかまわないんだからな！」

話が飛躍しすぎだろ、と不満げなため息があちこちでこぼれる。

耳ざとくそれらを聞きわけ、鹿江がさらに怒鳴ろうとした時だ。

「はいはい、皆さん、注目ね」

ひょうひょうとした足取りで、舞台上に男性が一人現れた。初老にさしかかった、穏やかな表情の副校長だ。鹿江よりも上の立場でありつつ、偉ぶることも声を荒らげることもしないため、生徒からの人気は高い。

「急に集めてごめんね。サクッと終わらせるんで、皆さんも付き合ってね」

鹿江のせいで不満が溜まっていた体育館の空気を散らすように、副校長は笑顔のまま何度も頷(うなず)いた。

これだけで生徒たちは静かになる。元々、特別荒れているわけではない学校だ。力で押さえつけるよりも、副校長のような物言いのほうが皆、従う。

「雨も降ってきちゃいましたしね。サクッといきましょう。サクッと」

「さすがだなー、うちの副校長」

亘の背後で、更荷（さらに）が含み笑いをした。

「仏の保土池（ほどいけ）。名は体を表す、にしてもできすぎだろってサッカー部の先輩が」

「確かに優しそうだ」

「それが、マジで『仏の顔も三度まで』なんだってさ。保土池副校長に三回注意された奴は問答無用で退学させられるって噂（うわさ）」

「本当か？」

「まー、大抵のことは見逃されるらしいけど、度を超したイジメとか万引きとか、校内暴力とか、そのレベルが続くとやばいらしい」

　暴行、窃盗（せっとう）、器物損壊。

　確かにそれならば、一般生徒としても厳罰を科してもらいたい。

　保土池副校長が穏やかに、生活指導の鹿江が威圧的に生徒たちを管理しているからこそ、月暈（つきがさ）高校の治安は保たれているのかもしれない。

「大抵の生徒は一回も注意されないで終わるらしいけど、前にリーチかかった生徒がいたって」

「よっぽどの不良だったんだな」

「だろうな。十年以上前の話らしいから、先輩たちもその先輩の先輩の先輩から聞いた、ってくらいあやふやだったけど……」

「ごめんね、A組辺りの子たち。ちょっと静かにね」

「……っ」

ヒソヒソと声を交わしていたところで壇上から声がかかり、亘たちはびくりと身をすくませた。相変わらず感情の見えづらい笑顔で保土池副校長が亘たちの方を見ている。

（まさかこれが一回目？）

青ざめた亘たちの心を読んだのか、保土池副校長は策士めいた含み笑いで面白そうに生徒たちを見回した。

「うん、ありがとう。次もやったら、後で担任の先生から名前を聞こうかな」

今回は名前を把握していないため注意の対象にはしない、ということらしい。次からだ、と暗に言われ、体育館が静まりかえる。

「それじゃあ改めて……月暈高校には伝統的にペア制度があります」

声質が変わった。怒鳴っているわけでもないのに、体育館の隅々まで声が響く。

保土池副校長の合図で、各クラスの担任が動き出した。列になって座った生徒たちに沿って歩き、一人一人に封筒を手渡していく。全員に配り終えたところで、今度は開封するように指示が出た。

中には名刺のような厚紙に、一人の生徒の名前が書かれている。

（二年E組のみつや……まき？）

亘は厚紙を見て、首をかしげた。

三ツ谷真李、という字面からして女子生徒だろうか。細いボールペンで角張った線をしっかり引いた筆跡から、真面目さが伝わってくる。

「その名前の人が、この一年間君たちのペアになる先輩だからね。部活や委員会で頼れる先輩もできると思うけど、同じようにペアになった先輩にも沢山助けてもらいなさい。そして来年は君たちが同じように、次の新入生を助けてあげるんだよ」

体育館のざわめきが大きくなる。困惑する空気もあるが、大半はどこか興奮気味だ。

部活や委員会で知り合う上級生は大勢の中の一人だ。仲良くなることは多々あるが、それでもやはり距離はある。

しかしペアとなる先輩はある意味、自分だけの味方だ。

姉のように、兄のように困った時に頼れる力強い先駆者。

「これから一緒に行事やイベントをしていくからね。一週間後に顔合わせのオリエンテーションをするけど、今日以降、いつでも挨拶に行っていいよ」

「お前らを指導してくれる、ありがたい先輩だからな。失礼な真似をするんじゃないぞ！」

保土池に続き、鹿江も声を張り上げた。言っていることはほぼ同じだが、鹿江が言うとげんなりする気持ちが高まる。

「これは俺が生徒だった時にもあった伝統なんだ。お前ら、汚すなよ！」

「…………」

鹿江のテンションが上がれば上がるほど、生徒たちの興奮は冷めていく。最初は面白そうだとざわめいていた者たちも沈黙し、体育館に億劫な空気が漂った。

「この程度なら、別に教室で話してくれりゃいいのにな」

体育館から出ながら、更荷がぼやいた。

「冴島はこれ、楽しくなると思うか？　鹿江は相当興奮してたな」

「実際に楽しいかどうかはさておき、学校側は力を入れてるみたいだな。わざわざ体育館に集めて、わざわざ副校長が出てきて説明をして……。そういうアピールをしてるのは感じた」

「あー、権威主義的な？　エラい人がお前のために時間を使ってやってるんだから、心から感謝して、全力で応じろよってやつね。権力に弱い鹿江みたいな奴なら、コロッと引っかかりそ」

「……？」

更荷の冷笑がざらついた。

違和感を覚えて顔を上げたが、改めて見返すと特に変わった様子はない。いつものように明るい笑顔だ。亘が問うより早く、彼はサッカー部の部員に声をかけられ、談笑しつつ学生棟のある校舎に戻っていった。

そのまま一年生の教室がある四階に向かうと思いきや、更荷はふと三階で足を止めた。悪巧みをするようにサッカー部員たちと肩を小突き合い、すぐ後ろを歩いていた亘に一瞬パチンとウインクする。そして更荷はおもむろに二年B組の扉をノックした。

「こんにちはー、イチエーの更荷といいます！　前園センパイ、いますか！」

返事を待たずに彼が引き戸を開けると教室内が静まりかえり……次の瞬間、ドッと笑い声が廊下にあふれた。

「お前なぁ、一年、コラ！　まだ授業中だよ！」

授業をしていた教師らしき大人の男性の声が聞こえる。授業妨害だと訴えつつも、その声は面白そうに笑っている。

（そうか）

コレは毎年、よくあることなのだ。

体育館に集められた一年生が自分のペアを知り、その足で二年生に挨拶に行く……。先輩や教師たちのほうもそれを心得ており、誰が挨拶に来るのかを楽しみにしているのだ。

自分とペアになる後輩は果たしてどれだけ社交的なのか。どれだけ明るく、面白いのか。それを値踏みする時間なのだろう。

(更荷は「大当たり」だろうな)

彼が二年B組の笑いを取ったと同時に、タイミングよく授業終了のチャイムが鳴る。教師は更荷に向けてサムズアップし、教室から出た。

「お前らもどんどん声かけろ～」

廊下でハラハラしながら更荷の行動を見守っていた亘たちに向けて、教師はそう言い残して去っていった。更荷の行動に勇気づけられたように、自分のペアが待つ教室へ向かう生徒が約半数。むしろ気後れするように、そそくさと階段を上がる生徒が約半数だ。

これも納得のいくことではある。更荷のような行動は衆目（しゅうもく）を集めることに抵抗がない者にしかできない。目立ちたくない生徒にとって、この空気は最悪だろう。

「おーい、前園！　よかったな、イケメンだぜ」

わらわらと二年の教室から出てきた男女が更荷を取り囲む。

「なんだよ、更荷。お前、前園とペアかよ」

「あ、林（はやし）先輩！　そうなんですよ。前園先輩はどの人……あっ、よろしくお願いします！」

「よろ～」

二年生たちに押される形で廊下に現れたのはすらりと背の高いモデル体型の女子生徒だった。綺麗に染めた茶色の髪が肩の辺りで揺れており、品を損なわない範囲で制服を着崩している。一分の隙もない化粧といい、自信に満ちた笑顔といい、クラスの中心にいるタイプだ。

一瞬、品定めするような視線を素早く更荷の全身に走らせ、前園はきゅっと唇をつり上げた。合格、と言いたげに。

「更荷、サッカー部なんだって？」

「そうっす！」

「林、クソうるさいでしょ。ウザかったらぶん殴っていいよ」

「あはは、ちょーいい先輩っすよ。昨日、おごってくれましたし」

前園の「フリ」に、更荷は満点の答えを返す。それを待ち、林と呼ばれた生徒が力強く更荷の肩に腕を回した。良く日焼けし、太ももが太い。サッカー部の先輩なのだろう。

「おい、更荷。俺のいいトコ、そこだけか？　もっと言え言え！」

「あー、ラーメン食ったら、もっと出てきそうっすね～」

「こえーっ。この一年、マジこえ～！」

ドッと弾けた笑い声が音波となって、廊下にいた亘の元まで押し寄せてきた。

正直、彼らの会話のどこが面白いのか、亘には分からない。重なり合って矢継ぎ早に繰り出される会話の意味を考えることすらできず、その波に押し流されそうだ。

笑顔と友好的な雰囲気を纏っていながら、彼らの会話はスパーリングのようだ。一瞬でも返答に詰まれば呆れられ、輪からはじき飛ばされる。

それでも慣れ親しんだ池で泳ぐ魚のように、更荷は平然と会話を続けている。亘と共にいる時は穏やかに、のんびりと話す更荷が今は別世界の住人のようだ。

「すごいな、更荷」

圧倒される思いで、亘はゆっくりとその場を離れた。

彼と同じことはとてもできそうにない。今日はいったん帰ろうかと怖じ気づいたが、階段を上る直前で足を止めた。

（これは月暈高校独自のイベントなんだ）

今のところ、亘は月暈高校の良さをあまり感じられていない。

父と同じ高校に入りたくて、わざわざ引っ越しまでしてもらったのだ。何かしら、夕食の話題になることを見つけなければ、母をがっかりさせてしまう。

迷ったが、亘は意を決して二年Ｅ組に足を向けた。

できれば温厚で、あまり派手ではない先輩に当たりますように、と消極的なことを考えながら、そっと教室内の様子をうかがう。

すでに何人かの一年生が、ペアとなる先輩に挨拶していた。二年生のほうも心得ているようで、名前を告げれば、簡単に呼び出してもらえるようだ。

「あの……一年の冴島と言います。三ツ谷先輩はいますか」

ちょうど扉付近にいた女子生徒に亘は声をかけた。艶のあるまっすぐな黒髪を肩の辺りで切りそろえた優等生タイプだ。

女性というだけで無条件に緊張する亘だが、前園のような華のある生徒よりは大人しい女子のほうがまだ話しやすい。人を選んで話しかけたのを見抜かれたのか、女子生徒はふっと笑って目を細めた。

「私がそう。もしかして君がペア相手？」

「は、初めまして。冴島亘と言います。一年間、よろしくお願いします」

「よろしく、三ツ谷真李です」

三ツ谷から差し出された手を握り返しつつ、亘は本名を呼ばなくてよかったと内心安堵した。三ツ谷の名前は「まき」ではなく「さねり」のようだ。

「冴島くんって入学式で新入生代表してたよね？　ペアになる相手が優秀で嬉しいな」

「そんな、俺なんて全然……」

「謙遜しないでいいよ。部活は入った？」

「あ、天文部に」

「ああ、よかった！　優秀だし部活にも入ってるなら、私が面倒見る必要はないよね」

「……え?」

　言われた内容がよく分からずにぽかんとする亘の前で、三ツ谷は相変わらずニコニコと笑っていた。悪意を持って接してきている様子はない。

「私、結構上の大学を目指してるの。二年の今からそっちに集中したいから、正直後輩に付き合ってる暇はないんだ」

「な、なるほど。でも」

「確かにペア制度はこの学校の伝統って言われてるけど、他の高校なら普通、困った時は部活や委員会の先輩に聞くよね」

「まあ……」

「これが始まった経緯は誰かにもう聞いた? 今から三十年くらい昔、部活の上下関係が行くところまで行って、体罰やイジメが横行したらしくてさ。そうなると困ったことがあっても先輩に頼れないでしょ? そういう時の救済措置として、当時の生徒会がペア制度を考案したらしいよ」

「なるほど……」

「月一の勉強会や、学校周辺散策のオリエンテーション。体育祭ではペアの先輩が後輩のはちまきを作ってあげて、競技で三位までに入れた後輩はもらった旗を先輩にあげる。学祭の後夜祭でやるキャンプファイヤーもペア制度で踊る演目があったし、地域貢献のために、この付近の保育園に寄贈するおもちゃを一緒に作るイベントもあったんだって。……まあ、娯楽の少ない時代だっただろうしね。そこで仲良くなった男女のペアが付き合ったり、卒業後に結婚したりすることもあったとか」

すらすらと話し、三ツ谷は肩をすくめた。

「今はもう、そうしたイベントはほとんどやってなくて、必須なのは体育祭ではちまきを渡すことくらいかな。それも先輩のほうが作らないことも多いから、自分で用意してもらうことになるけど」

「もしかして俺も、ですか」

「うん、細長い布をまつり縫いして筒状にするだけだから簡単だよ。月一の勉強会も、保育園へのおもちゃ製作も任意になってるから、今、参加してるペアはほとんどいないんじゃないかな。去年は確か二十組とか、そのくらい」

月暈高校は一学年に約二百五十人弱の生徒がいる。当然、ペアも同じ数だけできるはずだが、熱心にペア制度に取り組んでいるのは一割にも満たないということか。

「だから冴島くんもペア制度のことは忘れて、高校生活を楽しんで。応援してるよ」

「……はい」

どんどん口数が少なくなる亘に気づいているのかいないのか、三ツ谷はにこやかに引導を渡した。応援している、という台詞は一見友好的だが、「応援しかせず、手は貸さない」と宣言されたも同然だ。ここまで言い切られては、何かあっても頼れない。

笑顔の圧に負け、亘は三ツ谷の教室を後にした。階段を挟んで反対側では、更荷と前園がまだ会話を楽しんでいる。

（参ったな）

最初にペア制度の存在を知った時は「これだ」と思ったのだ。父が月暈高校で過ごした時、もっとも楽しかったのはおそらくペア制度に関係している、と。

自分がかけがえのない体験をしたからこそ、父は亘にも母校への進学を勧めた。ペア制度に熱心な先輩と共に、素晴らしい高校生活が送れると信じて。

だが父の通っていた時代を過ぎ、ペア制度に対する熱意は変化する。

今では、目立つ相手とペアになった者こそ盛り上がるが、それ以外の生徒にとってはどうでもいい制度に成り下がっているようだ。

「……………」

失望するなと自分に言い聞かせるも、どんどん気が滅入っていく。

寝不足のせいもあるだろう。昨日の木曜日は相変わらず、ほとんど寝付けないまま夜を明かした。今日も一人、物音一つしない家で眠れぬ夜に苦しむ可能性が高い。

いいことがないな、とふと思った。

こうした極端な思考も重苦しさも、寝不足のせいだ。

寝られれば、きっと全て解決する。そのはずだと信じるしか方法がない。

ああ……本当にいいことがない。


その日の夜のことだ。

わはは、と無機質な笑いがテレビから聞こえた。もう何十年もテレビに出ているお笑い芸人がとっておきのギャグを言ったらしい。それを受け、司会は机を叩いて笑い、ひな壇に座る芸人は椅子から転げ落ちて笑う。今季放送中のドラマで主役を担う女優は口元を手で隠して笑い、絶賛売り出し中の若手俳優は爽やかに白い歯を見せて笑っていた。

小さな箱の中、誰もが笑顔であることが奇妙に映る。

亘は黙々と野菜炒めを口に運び、味噌汁をすすった。この日の味噌汁はいつもよりもやや濃い。母は疲れているのかもしれない。

「学校はどう？」

正面で母が尋ねた。亘と同じように味噌汁を飲んでいるが、特に味を気にしている様子はない。テレビに目を向けているが、内容をきちんと聞いているわけではないようだ。

「もう慣れた？」

「うん、クラスはみんな仲いいよ。天文部の先輩たちも親切だしね」

亘は意識して明るい声を作った。

「毎月、天体観測の合宿があるし。四月は雨が降りそうだったから中止になったけど、五月は絶対やりたいって先輩たちも意気込んでるんだ」

「そうだったわね。先月は私が家を出る時まで帰ってこなかったから、合宿があったんだと思ってたわ」

「あ……、そうそう！　あの日、ギリギリまでは合宿できるかもしれないってことで、部室で粘ってたんだ。結局中止になったから、先輩たちもがっかりしてたよ」

自分でついた嘘をうっかり忘れていたことに気づき、亘は慌てて言い訳をした。

先月の天体観測日は最初、行われたフリをしようとしたのだ。そのために学校周辺を歩いて時間を潰したが、結局「詳細を聞かれてボロが出る危険性」にひるんだ。

そして最終的には「部員一同、楽しみにしていたが、泣く泣く中止になった」という話を母にしたのだった。

天体観測が行われていたという嘘を、天文部員は皆意欲的という嘘に置き換えた……。

嘘をつくことも、嘘に嘘を重ねることも慣れてしまった。毎回、しくしくと胸に染みる罪悪感を覚えるが、それに耐えるだけでいい。

「実際の天体観測はプラネタリウムとはまた違う感動があるんでしょうね。学校で合宿なのよね？」

「うん、屋上に望遠鏡を設置して観測するんだって。それに秋の学祭ではプラネタリウムも作るらしいよ。手間はかかるけど技術的には簡単で、アルミ箔と段ボールがあれば……」

亘は以前、永盛に聞いた話を披露した。弾んだ声で、学祭が楽しみで仕方がない、というように。

この先、学祭に母が来たら一瞬でバレる嘘だ。

永盛たちにやる気がないのだから、おそらく今年も展示で終わる。卒業生が作った展示を空き教室に貼り、退屈そうに時間を潰す自分を見て、母がどんな顔をするのか想像するだけで胃が痛む。

――途中まで作ってたんだけど失敗しちゃって。

――どうしようもなくて、仕方なく昔の展示物を並べることにして。

そう言い訳をしたらしのげるだろうか。

永盛たちは意地悪な先輩ではない。亘が事前に話しておけば、口裏を合わせてくれるだろう。お見せできなくて残念です、来年は必ず、と。

来年になれば進級した亘の発言力も増し、本当にプラネタリウム製作を提案できるかもしれない。むろん、来年は一人も部員が入らず、廃部になる可能性もあるが。

「ペア制度なんてものもあるんでしょう？　お父さんがよく話してたわ」

「そうなんだ。俺もいい先輩に当たったよ。三ツ谷先輩っていうんだけど、すごく人当たりがよくて優しそうだから、色々教えてもらえそう」

「ペアを組んだ人といろんなことをするんでしょう？　勉強を教えてもらったり、校内の裏技とか、お得なお店の情報を教えてもらったり」

「そうみたいだ」

「楽しみなさいよ。今しかできないことなんだから」

母は月暈高校出身ではない。父が東北に引っ越した後、大学で知り合ったと聞いている。それでも父の高校時代について知っているのは、父自身がよく話をしたからだろう。息子が充実した高校生活を送っていると、きっと母は信じている。

（なんとか演じないと）

母を心配させることだけは避けなければならない。

今日は火曜日だ。母は夜も家におり、亘も深く寝られる日。昨夜はよく眠れなかったため、普段ならば夕食時にはもう睡魔に囚われている。

だが色々と考えているせいか、今日は眠気がやってこなかった。

濃い味噌汁が舌に絡みつき、喉（のど）が渇（かわ）く。水がほしいと思いながらも、亘は平気な顔で味噌汁を飲み干した。

＊＊＊

何一つ事態が進展しないまま、あっという間に四月も終わりを迎えた。

最終週の金曜日、亘は昼休みの間机に突っ伏していた。まんじりともせず朝を迎えたため、この昼間に少しでも仮眠をとっておく必要がある。

「……ってよお、ばっかだろ！」

「はーっ、信じらんねえ！　それマジで言ってんの？」

教室のあちこちで会話が飛び交っている。気の合う者同士で他愛ないお喋りに興じるグループや、黒板を使ってふざけているグループ。誰かが悪ノリした結果、追いかけっこが始まるグループもあった。

時々、走り回る誰かの足が亘の椅子や机に当たり、ガタンと振動が走る。

だがそれでも亘の睡魔は去らなかった。

賑やかな少年少女の話し声が海岸に打ち寄せる波のようにそこかしこで聞こえる。一つ一つの会話は意味をなさず、潮騒のように亘の鼓膜を震わせながら、頭の中で重なり合って響くのみだ。

——ザザザン、ザザザン、ザザザ……。

教室には沢山の生徒がいる。今日が楽しくてたまらないというような活気ある人々に囲まれている。

不思議とそうした気配は心が安まる。耳が痛くなるような静寂に沈む家よりも、騒々しい教室のほうがよほどマシだ。このまま、午後の授業が始まるまで睡魔に身を任せようとした時だった。

「……うん？」

ヴヴヴ、とスラックスのポケットに入れていたスマホが震えた。せっかくもう少しで寝付けそうだったが、亘はぼんやりする頭を振って顔を起こした。

……不意の連絡は苦手だ。

父が亡くなった時のことを思い出す。

三年前の昼間、授業を受けていた亘のスマホが震え、母からの着信を告げた。授業中、何度もかかってくるために気になり、教師にバレないようにそっと出たところ、母ではない女性の声がしたのだ。

お父様が交通事故で、と。

ずいぶん遅れて、それは病院の看護師だったと知った。最初に知らせを受けた母はあまりにも衝撃を受けすぎて、とても亘に電話できる状態ではなかったそうだ。

「…………」

あの時の、一瞬で全身の血が凍った感覚を思い出す。

まさか今度は母に何か、という予感を振り払い、恐る恐るスマホを操作し……。

「なんだ、三枝か」

送られてきたメッセージの名前を見て、亘は脱力した。無視してそのまま寝直してもよかったが、すっかり眠気が覚めてしまった。

『絵本の件、どうなってる』

メッセージアプリを立ち上げると、簡潔なメッセージが届いていた。ぶっきらぼうだが焦れていることが伝わってくる。

不吉な連絡でなかったことはよかったが、これはこれで厄介だ。

どうなっている、も何も、全く進展していない。タイトルも作者名も思い出せない今、二人の記憶を照らし合わせて内容を思い出すしかないのだが、そのとっかかりすらない。

『考えたんだが』

メッセージを打ちながら、亘は苦い気持ちで顔をしかめた。さも「ずっと考えていた」というていを装おうとしている自分の浅はかさが情けない。

『絵を描いてみるっていうのはどうだろう』

『絵？　なんの』

『あの公園の。この前写真を撮った時は、鮮明に写ったことが逆によくなかったのかもしれない。絵本に出てきたお菓子の公園と同じ構図で、絵を描いてみたら、あるいは』

『描けたら見せに来い』

素っ気ない返信に、亘は思わずため息をついた。三枝のメッセージは「自分は描かない」といっているのも同然だ。名案だとも思っていない。「無意味だ」といわないだけ、まだマシかもしれないが、心の中ではそう思っているに違いない。

なんといっても亘自身、苦し紛(まぎ)れの提案だと痛感している。絵をちゃんと描いたことはない。中学時代も美術の成績は悪かった。そもそも、もし絵を描く才能があれば例の公園ではなく、絵本のページを再現しただろう。

(それができれば苦労しないけど)

絵本の記憶はあやふやだ。近視の人間が見ている景色のように、ぼんやりしている。月光ソーダの池だの、月面チョコの滑り台だのという単語は覚えているが、細部の記憶は全くない。こんな状態では絵など描けるわけがない。

(記憶だけを頼りにして話し合うのは限度がある。……議論のきっかけになる「形」があったほうがいい、という考えは多分あってるんだ)

だが、それがなんなのか、さっぱり思いつかない。

スマホの画面を眺めたまま、どう返信すればいいのかも分からなかった。ぼんやりしていると、再びスマホが震え、「屋上に来い」とメッセージが飛んできた。

一人で途方に暮れるのも、二人で悩むも同じことだ。

話し合うことで何か妙案が浮かぶかもしれない、と一縷(いちる)の望みを抱き、亘は屋上に足を向けた。

昼休みだからか、屋上にはかなり多くの生徒がいた。ごった返しているわけではないが、設置されているベンチの大半は埋まっている。

弁当を食べ終えて談笑している生徒をぐるりと見回し、亘は首をかしげた。

亘を呼び出したはずの三枝がいない。

(呼ぶだけ呼んで帰った?　……いや、そんなはずないか)

戸惑いながら、屋上を一周してみようと思った時だった。

「無視してんじゃねえ」

「え……っ、うわっ!」

真横の辺りで呆(あき)れた声が聞こえ、そちらを向いた亘は思わず悲鳴じみた声を上げた。

フェンスに寄りかかり、腕を組んだ男が亘を見ている。切れ長の瞳も、体格のいい身体(からだ)も、低い声も知っている。だが「彼」の一番特徴的だった部分が消えている。

「か、髪……、戻したのか?」

ギラギラと太陽のように輝いていた金髪が、真っ黒になっていた。

恐る恐る近づいた亘に、三枝はなんてことないように言う。

「髪色が理由ってだけで、教師といちいち揉めるのも面倒だからな」

「こだわりがあったんじゃないのか？」

「別に。なんとなく染めてただけだ」

「なんとなくで染めることってあるのか……」

面倒、なんとなく、と煮え切らないことを言っているが、三枝の行動はむしろ逆だ。目的のために邪魔になる障害を取り除こうとしている。

三枝は本気なのだ。亘が悩み、足踏みしている間にも行動している。

「冴島はやる気あんのか？　たらたらしてたら、一生見つけられねえだろうが」

「そう言われても、どうすればいいのか……」

亘はモゴモゴと言い訳をした。

「友人に聞いてみたが、誰もあの絵本を読んだことなかったんだ。部活の先輩たちとペア制度の相手も知らなかったし」

「お前の知り合い、それだけかよ」

「悪かったな。三枝にそれ以上の知り合いがいるなら、聞いてもらいたいんだが」

「…………」

三枝が言葉に詰まったのを見て、少しだけ溜飲が下がる。だが、すぐに罪悪感に襲われた。今のは八つ当たりしただけだ。

亘は深呼吸して、苛立ちを振り払った。

「俺たち二人が小学校にあがる前に読んでいたということは、絵本が発行されたのは今から十年以上前なのは間違いない。ただ他に誰も知らないところから考えても、ベストセラーになったわけじゃないだろう……ってところまでは結論が出てたよな」

「そうだな」

「有名なインフルエンサーに頼んで、フォロワーに聞いてもらう、なんて作戦も考えたが、そもそもそういう有名人につながる伝手もコネも資金もない」

「ああ」

「だとすると、俺たちにできることは……図書館に行くことくらいな気がする」

「図書館はもう調べたっつっただろ」

「街の図書館じゃなくて、この学校の、だ。さすがに高校の図書館だから絵本はないだろうが、司書や図書委員なら多分、俺たちよりも本好きだろう？　例の絵本を読んだことがあるかもしれない」

三枝と話しながらふと思いついただけの案だったが、不思議と悪くない気がした。三枝も同じ考えだったのだろう。二人の間に流れていた重い空気がわずかに軽くなる。

「しっかりやれよ」

「三枝は来ないのか？」

「俺が行ったら、聞き出せる話も聞き出せねえだろ」

　髪色を黒に戻しても、まだまだ三枝の見た目は威圧的だ。怯(おび)える生徒がいるのは確かだが、本人がそれを理由にサボろうとしているのはいただけない。

　ジトッと亘が恨みがましい目を向けていると、それに気づいた三枝が気まずそうに顔をしかめた。

「……俺はもう一回、古本屋のほうを当たる」

「確かに、新たに誰かが売ってるかもしれないな」

　月暈町に引っ越したばかりの亘と違い、三枝は長く住んでいる分、地元の店には詳しいだろう。

　手早く用件をまとめていると、昼休み終了のチャイムが鳴った。

（結局昼寝はできなかったな）

　それでもやることが決まったためか、鈍痛のような睡魔は遠のいた。

　早く何もかも解決したら良いのだが。

　漠然(ばくぜん)とした願いを胸に、亘たちはそれぞれの教室へ戻った。

＊　＊　＊

月暈高校の敷地内にはいくつか、独立した建物が建っている。「Ｈ」の形をした学生棟と専科棟の他、学生棟から正門へと続く道なりにはグラウンドとプールが、専科棟の奥には部室棟と体育館、図書館が配置されていた。

グラウンドはサッカー部や野球部が曜日ごとに交代して使い、テニスコートはない。何から何までそろっているとは言えないが、都内の公立校としては設備が充実しているほうだ。これも教育に力を入れている月暈町だからだろう。

放課後を待ち、亘は図書館へ足を向けた。

二階建ての建物にはツタが這(は)っており、歴史を感じさせる。数年前に創立七十周年を迎えただけあり、古いが趣(おもむき)のある佇(たたず)まいだ。

「すみません、聞きたいことが……って、えっ？」

図書館に行ったところで亘は驚いた。

カウンターに亘のペア相手になった三ツ谷が座っている。制服をきっちりと着こなし、落ち着き払っている彼女は図書館という場所にスッとなじんでいた。

「三ツ谷先輩、図書委員だったんですか」

「うん、委員長。内申に有利って聞いたから」

今日も三ツ谷の回答は明快だ。

「とはいえ、生徒会長に立候補するほど厚顔無恥じゃないよ。アレをやる場合、確実に勉強の時間が削られるしね」

「なるほど……」

「ほどほどに理知的で、ほどほどに教師受けし、ほどほどに仕事が少ない委員会を絞り込んだら図書委員だったってわけ。何か用？」

「えっと、昔、流行った絵本を探したくて」

だが、あまり期待はできなさそうだ。内申点を少しでも有利にすることが理由なら、三ツ谷は書籍に思い入れもないだろう。

放課後、早い時間に向かったためか、館内には数名の生徒しかいない。それでも長々と話し込む気にはならず、亘は作り笑いを浮かべた。

「詳しい人は今、いるでしょうか？」

「司書さんもいることはいるけど、今日は来る曜日じゃないからね。子供の頃だと『こぐまのドーナツやさん』とか『みずみず町のまじょこちゃん』なら好きだったけど、それとは違う？」

「ええと、夜の公園を舞台にした絵本なんです。タイトルも覚えてないんですが、お菓子が出てきて」

「うーん、夜の公園が舞台の絵本って多いからなあ。眠れない子供が夜、一人で冒険に出る話。子供にとって、夜に寝られないのってすごく怖いもんね。私も寝られない時は親に泣きついたし、起きちゃった時のために、応接間に明かりをつけておいてほしいって頼んだこともあったよ」

三ツ谷は話しながら、カウンターに置いてあるメモ帳を手に取った。サラサラと何かを書き記し、亘に渡してくる。

「『まっくらもりのフクロウ博士』『寝ない子さんぽ』『おつきさまにこんにちは』『夜闇公園』『きつねくんのお月見たまござけ』……。えっと、これは？」

「夜や公園がテーマになってる絵本。パッと思いつくのはこれくらいかな」

「あ、ありがとうございます！」

その場でスマホを取り出し、インターネットで検索してみる。どの絵本もすぐに見つかった。

絵柄を見ただけで、亘の探す絵本じゃないことは明らかだ。残念だと思う半面、亘は意外な思いで三ツ谷を見返した。

ペア制度の挨拶(あいさつ)に行った時、三ツ谷は笑顔で亘を拒絶してきた。自分は忙しいので手を煩(わずら)わせるなというように、透明な壁のような圧を感じた。

だが今の三ツ谷にそれはない。むしろ親切で、友好的な空気すら感じる。一体どんな心境の変化があったのだろうか。

「小学生の時、前の日に寝られなくてめそめそしてたら、一つ下の子がいろんな星座を教えてくれたの。寝られない時は星を見てたら楽しいよって」

「いい話ですね」

「うん、寝られない時にもやることがあるって思えたら、なんだか寝るのが怖くなくなって……気づいたら、夜が怖くなくなってた。それから星に興味が出てきて」

三ツ谷はそっと内緒話をするように亘にささやいた。

「宇宙飛行士になりたいの。だから今、勉強してる」

「えっ、すごい！　それは確かに、ペア制度なんてやってる場合じゃないですね」

「最初は私も天文部に興味があったんだよ。でもあの人たち、明らかにやる気がないし、星に詳しい人もいないし」

「……返す言葉もないです」

「冴島くんもそのタイプだと思ったんだよね。星に興味はないけど、とりあえずどこかの部には入っておくかって気持ちで天文部に入った一年生なんだろうなって。そんな一年生のために、自分の勉強時間を割くのは嫌だなって思ったの」

ますます何も言えずに黙る亘に対し、三ツ谷は「でも」と続けた。さりげなさを装っていたが、ふと声音（こわね）が変化する。

「冴島くん、最近、いた……三枝と一緒にいるよね。今日のお昼も屋上にいたし」

（いた？）

どこからその二文字が現れたのかと戸惑いつつ、亘は頷（うなず）いた。

「はい。……あっ、もしかして三ツ谷先輩もあの場にいましたか？」

「うん、友達とご飯食べてた。なんか意外な組み合わせだなーって思ってたけど、その絵本探しと何か関係がある？」

「えっと……」

自分たちの事情を詳しく話すのはためらわれ、亘は口ごもった。

ただ三ツ谷はしつこく聞いてはこなかった。目を細め、面白そうに笑っている。

「私、ずっとこの街に住んでるから、三枝とは小学校から一緒なんだよね。低学年の頃は三枝じゃなくて『朔真（さくま）』だったけど」

「あ、お父さんが亡くなられたから……」

先ほど彼女の口から出た「いた」は三枝「致留（いたる）」のことだったようだ。

父が亡くなり、母の旧姓に戻ったのだろうか。朔真致留、という響きは亘の中で「三枝」よりもしっくり来る。

「小さい時はニコニコ明るくて、私もよく遊んでたんだけど、お父さんのことがあってから急に荒っぽくなって、髪もその頃から染め始めてさ」

「小学生で⁉」

それは相当の事情がありそうだ。

「何があったんでしょうか」

「それは本人に聞いたほうがいいかも。私は噂話しか知らないしね」

喋りすぎたと我に返ったのだろう。三ツ谷は苦笑いをして、それ以上の話を避けた。

「話がそれたけど、私が言いたかったのは、その……最近、三枝が冴島くんといるところを見るようになって、今日なんて髪も黒くしてきて、なんか昔に戻ったみたいに思えたんだよね。この前なんて、挨拶したら『おう』って返してきたし」

挨拶するのは普通のことではないだろうかと思ったが、亘は指摘せずに頷いた。

高校からの三枝のことしか知らない亘とは違い、三ツ谷は変化していく三枝をずっと見ていたのだ。明るかった少年が父親の他界をきっかけにして、すさんでいく様子を心配していたに違いない。

（もしかしたらそれ以上の気持ちがあるのかも）

さすがにそこまで踏み込んだ質問をするのはためらわれたが、そんな予感もした。亘に対する三ツ谷の態度が和らいだ原因はこれなのかもしれない。

亘は三ツ谷に礼を言って図書館を後にした。

「この後は……うん？」

自分も三枝に合流して古書店を巡るべきかと考えていた時、どこからか苛立しげな声が聞こえた。

ざらついた声は一つではない。部室棟の裏からいくつか聞こえてくる。

部室棟の裏は敷地を囲むブロック塀と部室棟に挟まれ、日当たりが悪い。狭く、これといった使用用途もないため、デッドスペースとなっている。

そんなところで聞こえた言い争いが、穏便なものとは思えない。イジメや喧嘩の現場なら教師を呼んでこなくては、とやや消極的なことを考えつつ、亘はそっと部室棟の陰から様子をうかがった。

（アレは……）

こちらに背を向けた男子生徒が一人。

彼の前に立ちはだかるようにして、三人の女子生徒が立っている。

「なんでそんなこと言うわけ⁉　信じらんない！」

「調子乗ってんじゃねーよ。お前、何様だよ」

「も……もういいよ、二人ともやめて。……わた、私が悪かったんだからさ」

口々に聞こえる台詞から、男子生徒が心ないことを言い、女子生徒たちが反論しているのだと分かった。

男子生徒は喋らない。マシンガンのように繰り出される罵詈雑言(ばりぞうごん)を一身に受けている。ただその背中と後頭部に、亘は見覚えがあった。

（更荷だ）

今日はサッカー部の練習がない日のようだ。いつも明るく、笑顔を絶やさない彼は今、別人のように押し黙っている。

中央にいた女子生徒が引きつった笑いを浮かべながら、更荷に話しかけた。

「迷惑なのは分かったけどさ？　あの……一応、一生懸命作ったからー……」

「いらないっす」

「せめて受け取るでしょ、フツー」

真ん中にいる少女より、その隣に立つ少女のほうが激高していた。その顔は亘も見覚えがある。数日前、更荷が二年B組の教室で談笑していた女生徒、前園だ。初顔合わせの時は更荷と談笑していたが、今は熱した刃物のような瞳で彼を見上げている。

前園は深くため息をつき、少女の腕を引いた。付き添いできていた様子のもう一人も後に続く。

「もういい。いこ」

振り返ることなく、三人は部室棟の裏を後にした。更荷の脇をすり抜けてこちらに歩いてこられたら見つかっていただろうが、運良く亘がいる場所とは反対側に去っていく。

ホッとしつつ、自分も見なかったフリをしようときびすを返した時だった。

「そこ、誰だー？」

平坦な声音で更荷が口を開いた。振り向きもしなかったが、亘に気づいていたことは間違いない。一目散に逃げれば、正体までは分からないだろうが……。

「悪い、揉(も)めてる声がしたから気になって」

見ぬフリもできず、亘はおずおずと部室棟の陰から出た。

「おう、冴島か。全部見てた感じ？」

「全部じゃないだろうが、一番見ちゃいけないシーンは見た気がする……。今の、二年の先輩だろう？　入学して一ヶ月なのに、告白されるなんてすごいな」

「退屈しのぎだって」

その乾いた声音に、亘は首をかしげた。いつもはつらつとしている彼からは想像できないほど、更荷の声は冷めている。

「代わり映えのしない新学期が始まった時、サッカー部に目立つ一年が入ってきたから気になったんだろ。そしたら偶然、自分の友達が俺とペア制度で組むことになったから、余計に盛り上がったっていう」

「えっと……そうなのか？」

「前園先輩が焚(た)きつけたことで、あの真ん中の先輩がその気になって告ってきたんだろうな。……タイミング的にすごい卑怯だよな、あれ。断ったら、ペア制度で俺が居心地悪いじゃん」

「まあ……」

　前園たちは更荷がこの場で告白を断ったことが信じられない、といった様子だった。実際に付き合うかどうかは別として、好意はありがたく受け取って、返事は数日間保留にすると思ったのだろう。その数日間はドキドキとわくわくの入り交じった特別感を味わい、お祭り状態を楽しむつもりで。

　しかし予想に反して、更荷からは強い拒絶が返ってきた。前園にとっては、面目を潰されたように感じたのかもしれない。

「そこまで嫌だったのか？　もう彼女がいるとか」

「それはあんまり関係ないっしょ。彼女がいたら普通に断るけど、いないなら誰でもいいのかって聞かれたら違うじゃん？」

「まあ……」

「俺、ダメなんだよなあ。本気じゃないやつ」

「本気じゃないやつ？」

　愛情の深さの話かと思ったが、更荷はそれには首を振った。

「差し出されたクッキー、パッと見ただけでも焼きムラがあって、アイシングもダマになってでさ。日頃から作ってるわけじゃなくて、告白ついでに渡しとこ！　ってテンションで焼いたのが丸わかり。青春っぽいことをしたくなっただけだろ、どうせ」

「ええと」

「他人に食い物を渡すなら、絶対うまい自信がないとダメでしょ」

分かるような分からないような理屈だ。それでも更荷が本気でそう考えていることは伝わってきた。

作り慣れていない手作りのお菓子を他人に渡そうとしたのは、少女に成功体験があったからだろう。だからこそ、彼女は更荷相手にもその作戦を使った。

（俺も多分喜ぶ）

付け焼き刃だろうとなんだろうと、自分のために時間を使ってくれたことがありがたいと思うだろう。

だがそれは果たして誠実なのだろうか。

不出来なものでもいいやと考えて、お菓子を焼いた少女。あまりおいしそうではないけれど気持ちが嬉しいからいいやと、それを受け取る自分。

その光景の、どこにも「本気」はない。気持ちが大切だという言葉を言い訳にして、相手に向き合わず、穏便にことを済ませようとしているだけだ。揉めず、ことを荒立てず、表面上穏やかに過ごすことを優先して。

「更荷は完璧主義？」

「どうかな。ただ本気で好きな相手に何か渡すなら、徹底的に練習するな」

その言葉を聞いた瞬間、亘はハッとした。

「……以前くれたチョコやナッツ、更荷が作ったものだったのか」

「ぁえ⁉」

奇妙な鳴き声のような声を上げて硬直した更荷に思わず噴き出してしまった。これほど分かりやすい反応をされたら、当たっていると言われたも同然だ。

「全部すごくおいしかった。あの時は近所で買ったと言ってたが、包み紙にお店のロゴはなかったし、店の名前も教えてくれなかったし」

「……まあ……」

長い沈黙の後、更荷は顔を伏せて頷いた。

そしておもむろに大きく息を吐き出した。

体内に溜まっていた様々なものを全てさらけ出すように。

「趣味なんだよね」

「お菓子作りが？」

「そ。……昔、サッカーでスランプになって、練習しても練習しても成果が出なかった時、手順通りにしたら必ず作れるお菓子って最高じゃん！　ってなって」

「確かに、お菓子はレシピ通りに作ると成功するって聞いたことあるな」

「でも、お菓子を作るってことは、お菓子ができるってことだろ？」

「うん？」

それはそうだろう、と思ったのが伝わったのだろう。困り果てた様子で更荷がうなだれる。

「作っても食いきれないいんだよね」

「誰かにあげるのは？」

「最初は親戚とか近所の人に配ってたけど、それをすると今度は『アレを作れ』『これは飽きた』って言われるんだよね。女子にあげると『スイーツ系男子なんて似合わない～』って言われるか、その子に気があると勘違いされるし。まあ、たまたまそういう奴しか周りにいなかっただけかもしれないけど」

そこそこ苦労してんのよ俺も、と更荷は苦笑した。

「なんかこう、ぱーっと作ってみたいんだけどなあ。適度に口が堅くて、いつまでに作れとか言わなくて、手がこんでてもチャカさなくて、でも素人の手作りでも食える奴……まあ、いないってわかってるけど」

「あ……っ、あのさ」

この瞬間、全てがつながった気がした。

タイトルも内容も思い出せない絵本。その記憶を辿るための手がかりを求める今、「これ」以上に最適なことはないのではないだろうか。

意気込んで詰め寄った亘に、更荷が目を丸くした。

だがそれにはかまわず、亘はなおも距離を詰めた。

「絵本に出てくるお菓子、作ってくれないか⁉」

6

親の背中

月暈高校の屋上は亘たちの貸し切り状態だった。

つい先ほどまで園芸部員がいたのか、プランターの草花や土は濡れている。グラウンドではこの日野球部が部活中なのか、屋上まで彼らのかけ声やバットでボールを打つ音が聞こえてきた。

薄雲が散る空は爽やかで、からりと乾いた風もすがすがしい。金曜日の放課後ということもあり、もっとも開放感のある時間帯だ。

もっとも亘がここに連れてきた男はそうとは思わなかっただろうが。

「うっそだろ」

亘の隣で更荷が呆然と呟いた。つい先ほど女子生徒から告白を受け、冷淡にあしらった時とは打って変わって、絶望的な顔をしている。

「まさか冴島、自分が有り金全部カツアゲされたからって、俺を生贄にするつもりじゃ」

「違う」

苦笑する亘の正面で、三枝が嫌そうな顔をする。ろくな説明もされず、屋上に呼び出されたのだ。説明しろと言いたげに、三枝は険のある視線を亘に向けている。

「じゃあ憂さ晴らしのサンドバッグにされそうになったから、俺を生贄に……」

「それも違う。そんなに俺は信用ないのか?」

「だってさあ」

亘と三枝を交互に見つめ、更荷は情けなさそうに眉尻を下げた。

「俺、不良ダメなんだよ。怖いし」

「おい、なんでこいつを連れてきた」

正面から喧嘩を売っているとしか思えない更荷に、三枝のほうが我慢の限界に達したようだ。

それでも彼は彼で更荷に殴りかかるようなことはしない。やはり彼は「不良」ではないのかもしれない。

「話せば長くなるんだが、更荷にお菓子を作ってもらえたらいいと思ってさ」

短く話せ、という圧を感じて短くまとめたが、結果分かりづらくなったようだ。ますます三枝の眉間にしわがよる。

「写真を撮ってもダメだった。絵心のない俺だと、絵を描いてもおそらく成功しない。それでも共通の『とっかかり』がないと、そもそも話し合いができないだろう?」

「まあ……」

「それなら『これ』が最適だと思うんだ。あの絵本の話をする時に必要なのは、お菓子しかないって。月光ソーダの池に月面チョコの滑り台。あと流れ星キャンディの登り棒に……」

「何それ。詳しく」

興味を覚えたように更荷が身を乗り出した。

彼の反応を確かめつつ、亘は続ける。

「確かテーブルはマフィンで、椅子はバームクーヘンだった。あれらを再現してもらえたら、そこから連想して記憶が蘇らないか？」

「よく分からないけど、俺にそれを作れってこと？」

「面倒なことを頼んでいる自覚はあるんだ。しっかり謝礼も払うから協力してくれないか？」

「ほあ……、なんで冴島たちはそんなのが必要なん？」

「それは……」

亘は口ごもった。

更荷は「いい奴」だ。サッカーの才能もあり、努力して技術を磨き、明るく、友人も多い。女性に告白されても、そこに真剣味が足りないと断る誠実さを持っている。

(でも)

だからこそ、母の不在中に眠れない、と打ち明けるのは抵抗があった。

常にクラスの中心にいるような更荷と比べ、自分はあまりにも情けない。全てを話しても更荷が馬鹿にしたり、言いふらしたりするとは思わないが、それでもピンとはこないだろう。曖昧な笑みで流されるかもしれないと思うと、なけなしのプライドがじくりとうずく。

「別にいいだろ。お前には関係ねえ」

黙った亘を気遣ったわけではないだろうが、三枝が強引に言った。

「そもそもお前、サッカー部だろ。料理なんてできんのかよ」

「はー？　部活と料理は関係なくね？」

「ごちゃごちゃ言ってるだけで、たいしたことないんじゃねえの。関わる人間が増えるとめんどくせえし、無理ならさっさと去れ」

「いや、俺がいないとどうしようもない、みたいなノリじゃなかった⁉」

両者の空気が張り詰める。

なんとなく気づいていたが、彼らの相性はあまりよくないようだ。

亘は慌てて割って入った。

「悪い、更荷。ろくに説明もしないで連れてきて、変なこと言ったよな。気にしないで忘れてくれ……」

「……いや、わーった」

更荷はしばし沈黙した後、重く頷いた。

「まあ、事情は分からないけど、冴島はお菓子でできた公園がほしくて、三枝はそれに付き合ってるってことな？　さっき『絵本の話をするには』って言ってたけど、そういう絵本があるわけ？」

「ああ。でも現物は手元にないんだ。覚えているのはソーダで満ちた池と、チョコケーキの滑り台と、ねじれたキャンディでできた登り棒。あとマフィンのテーブルと、バームクーヘンの椅子というだけで……」

「ふーん……まあ、どれも作ったことあるな」

更荷は驚くほどあっさりと答えた。

「結構簡単にできそう。それはそれとして、三枝って売られた喧嘩を片っ端から買うのが趣味だと思ってたけど、案外いいところもあるのな」

「いいてえことは山ほどあるが」

「まあまあ。リスがでかいフライパンで作るカステラとか、猫が作る山盛りのコロッケとか、絵本に出てくる食い物ってうまそうだもんな。食ってみたい気持ちは分かる」

「更荷……、それじゃあ」

「ちょっと時間もらえる？　できたら連絡するから」

「あ、ありがとう！」

意気込んで礼を言った亘に、更荷は笑顔で応じた。これまで通りの、人好きのする明るい笑顔で。

（これで、何かが進むかもしれない）

お菓子があったところで、本当に記憶が蘇るのかは分からないが、絵本自体が見当たらない今、それに賭けてみるしかない。

きっと事態が動くはず、何かが変わるはずだと自分自身に言い聞かせる。

更荷の笑顔は心強い。

だがなぜか、奇妙な焦りを感じた。

何かを間違えているような、根拠のない焦燥感。

それはしばらく亘の胸を離れなかった。

＊　＊　＊

あっという間に日が過ぎ、五月半ばの月曜日にさしかかった。

天文部の部室に足を踏み入れたところで、亘はため息をついた。放課後だが、永盛たちはいない。ただでさえ敷地内の陰にある部室棟の、奥まった場所にある部屋だ。明かりをつけても薄暗いが、誰もいないとより暗く、埃っぽく感じる。

ドドド、と地響きを立て、部室棟が揺れた。上階にいるサッカー部員が着替えを終え、グラウンドに走っていったのだろう。

（更荷、どうなっただろう）

一週間ほど前に屋上で話をしたきり、亘は改めて更荷に話を振ったりはしなかった。自分たちの問題に彼を巻き込んでいるため、急かすのは申し訳ないと思ったのが理由の一つ。そしてそれ以上に、やはり彼にとっては負担だったのではないかと不安になったことが一つ。

材料費だけもらえればいい、と更荷は言った。

だが金額の問題以上に、時間は有限だ。サッカーの練習で日々、ヘトヘトになっている更荷が製菓作りにかけられる余力はどれだけあるのだろう。お菓子を作ろうが作るまいが、更荷の得にはならないというのに。

「だよな」

薄暗く、湿った部室で一人呟く。

何もかもが停滞しているように思えて気が滅入った。

思わず深々とため息をついた時だった。

『更荷の件、どうなってる』

　スマホが震え、三枝からのメッセージが表示された。以前、「絵本の件、どうなってる」と連絡が来たことが脳裏をよぎる。

　毎回毎回、似た文章を送ってくる男だ、ととっさに反発心を覚えた。

　元々不精者なのか、ていのいい「パシリ」を得たと思っているのか、三枝は何かあるとすぐに亘を急かしてくる。せっかく髪色を黒くして周囲に溶け込めるようになったのだから、自分から積極的に周囲と絡めばよいのに。

『特に変わらない。急かすのも悪いし』

『聞いてこい。作ってねえなら急かせ』

『迷惑かけてるのはこっちだし、さすがにそれは』

　だがそれに対する返信はない。「既読」マークもつかない。

　時間を空けずに送ったので、未読ということはないだろう。おそらく、返事をする気はない。交渉の余地もない。いいから行け……という意思表示だ。

「はあ」

　重い身体を叱咤しつつ、亘は部室を出た。

　言いたいことは山ほどあるが、確かに絵本の内容を思い出せない場合、困るのは亘だ。

　協力者が頼りにならないからといって、立ち止まっているわけにはいかない。そういう意味では、他人の都合などお構いなしに尻を蹴飛(けと)ばしてくる三枝のような存在は必要なのかもしれない。

今すぐグラウンドに向かおうとしたが、部活の邪魔になるだろうと思い直した。どこかで時間を潰さなければ、と考え、図書館に足を向ける。

図書館は相変わらず閑散(かんさん)としていた。この日は当番ではないのか、三ツ谷(みつや)もいない。

(今日は勉強してるのかな)

宇宙飛行士になるため、難関大学に入りたい、と言っていた。

まっすぐ夢に向けて努力している三ツ谷が眩(まぶ)しい。自分とはあまりにも違う存在だ。

「………」

ほのかに落ち込む亘の上に、沈黙がほどよい重力を持って落ちてきた。

館内は適切な温度調節がされていて、暑いわけでも寒いわけでもなく、風も吹かない。

自分自身と外気の境目が分からなくなるような曖昧さが皮膚(ひふ)の表面を撫(な)でていく。足が地面についているのかいないのかも不確かで、ぼわりと思考がぼやけた。

……まるで夢を見ているようだ。

あまりいい夢ではない。

だが絶望的なほど悪い夢でもない。

ぼんやりとした気鬱(きうつ)さに似た「それ」はフィクションの悲劇のように、どこか穏やかで心地よい。あまり浸りすぎると毒になると分かっていて、抗（あらが）いがたいのはなぜなのか。

……早く覚めないと。

このうっすらとした無力感に浸りすぎると、身動きが取れなくなる。母に心配をかけてしまう。

……早く、早く、早く。

頭の中で自分を急かし、無理矢理息を吸い込んだ。

「……ッ、ケホ」

無意識に呼吸が浅くなっていたのか、気管が痛んで咳（せき）が出た。立て続けに咳き込み、ここが図書館だったと思い出す。

口元を覆（おお）いつつ、亘はホッと胸をなで下ろした。どこからも咎（とが）めるような視線は飛んでこない。館内は相変わらず静かで、目につく場所に人もいない。

それでも妙に居心地が悪くなり、亘はそそくさと図書館を後にした。

爽（さわ）やかな風の吹く屋外で時計を見るが、まだ二時間も経っていない。

「どうしようかな……」

どこかで時間を潰そうかとも思ったが、適した場所が思いつかなかった。所在ない気持ちのまま、亘はグラウンドに足を向ける。

（多分、まだ練習中だろうな）

それを確認したら、今日はもう帰ろう。一応様子は見に行ったのだから、明日、三枝に責められても言い訳できる。

「変だな……」

これは絵本の内容を思い出すための行動だ。三枝に命令されてやらされているのではなく、亘自身の望みのはずだ。

それなのに「どうせ無理だ」という思いが頭をかすめてしまう。何をしてもこの三年間、不眠が解決しなかったせいだ。期待することを億劫に感じ、願いは叶わないのだと自分に言い聞かせる癖がついている。

「……え？」

のろのろとグラウンドに向かった時だった。途中の中庭にある水飲み場に、なぜか更荷が一人で立っている。他のサッカー部員はいないが、一足早く休憩しているのだろうか。

「更荷？」

「おう、冴島。どうしたよ？　まだ学校に残ってたんか」

「お前にちょっと話が……って、うわっ！」

近づいた亘は思わず後ずさった。

更荷の右肘から手首にかけて、真っ赤な擦過傷ができている。あまりにも広範囲にわたっているため、一瞬、腕の皮膚が全て剝けているようにも見えた。

　しかし青ざめる亘とは逆に、更荷は平然としていた。いてて、と軽い声を上げながらも、慣れた手つきで水道の蛇口をひねり、傷を洗っている。砂混じりの水が赤錆色に染まり、見ている亘のほうが痛い。

「へ、平気なのか、それ……」

「ああ、ちょっとこけただけ」

「本当にそれ、ちょっとなのか」

　亘は恐る恐る更荷に近づいた。

「ものすごく大怪我に見える。保健室に行ったほうがよくないか」

「範囲が広いから派手に見えるだけだって。さっき、紅白戦で強めのチャージを受けてさ」

「チャージって、体当たりみたいな？」

「まあ、肩以外は当てちゃいけないルールだけどな。体幹を鍛えてりゃ耐えられる。吹っ飛んだのは俺が基礎練習を怠ったから……ってのが親父の言い分」

「お父さん？」

　突然話が飛んだ気がして首をかしげた亘に、更荷は肩をすくめた。笑顔をゆがませ、グラウンドの方に顎をしゃくる。

「今、親父が来てるんだ」

「あ、例の、元Jリーガー……」

「そう。息子の部活参観、なんて言ってたけどな。それで監督も先輩も張り切るし、親父も見てるだけじゃなくて参加し出すし、俺に集中砲火だし」

たまんないよなあ、と更荷は自嘲するように笑った。

元プロ選手が現れて、部員が張り切るのは分かる。そして父親が来たのなら、息子もいいところを見せたくて気合いが入りそうなものだ。

(でも)

更荷は逆だ。むしろ心身共に疲れ切っているように見える。

「親父を見てると、なんかな、って思うんだ。相当な覚悟とやる気でプロ入りしたのは間違いないんだろうけど、今じゃその片鱗もない。身体がついていかなくなって、クラブも退団して、今は中学生のいるクラブで教えてて……ああ、ジュニアユースですらない趣味のクラブな」

その違いがよく分からない、と首をかしげた亘に、プロリーグに所属するクラブの下部組織だ、と更荷が軽く言い添えた。ジュニアユースで鍛えあげ、才能のある一握りの選手がユースにあがる。そしてさらに頭角を現した者が晴れてプロとしてクラブに所属できるそうだ。

何も知らない亘にとっては初めて知る世界だ。

「サッカーのシステムってすごくしっかりしてるんだな。俺、全国大会で優勝すればプロになれるのかと思ってた」

「そういうヤツもいるよ。コツコツ下積みを経てあがっていく奴と、それまで無名だったのに、突然才能が開花する奴と。親父は下から一つずつ、あがっていったタイプ。当然、俺もそうするべきだって言われて育てられた」

英才教育ってわけ、と更荷は苦く呟いた。

「でも俺には才能がなかった。小学校にあがる前からマンツーで鍛えられたのに、結局ユースにもあがれなくて、こうして公立高校に入ってる。恥ずかしい息子なんだ」

「そんなこと……！」

「さっきのチャージも試合じゃ笛を吹かれる強さだったしな。ああいうの、普段だったら指摘するから、まあ親父も俺相手だから見逃したんでしょ」

「更荷……」

「昔からうまくできなかったら怒鳴られて、ミスしたら腕摑んで投げられて、蹴り損なったら足を摑んで揺さぶられたよ。誰に訴えてもダメだった。母親も、通ってたクラブのコーチたちも『サッカーと息子を愛するいい父親』って言うから、多分俺のほうが間違ってるんだ。でもさあ」

怖いんだよね、と更荷は消え入りそうな声で呟いた。

「サッカーは好きだよ。昔からやってたし、できなかったことができるようになるのも嬉しいし、広いグラウンドを走りまわんのも、仲間同士で綺麗にパスがつながって、得点に結びつく瞬間も。……でも」

「無理強いされたら、楽しむなんて無理じゃないか？」

「それよそれ」

スポーツではないが、亘にとっての「睡眠」がそれに近い。

寝なければならない、眠れないなんておかしい、母にバレないようにしなければ、と自分自身に眠ることを強いるあまり、今では夜が苦痛になっている。

「……俺、夜眠れないんだ」

迷ったが、亘は意を決して口を開いた。更荷がどんな顔をしているのかは分からないが、思ったよりも抵抗なく、言葉が口からこぼれ落ちた。

「中一の時、父さんが死んで、母さんが夜勤を増やした辺りから」

「寝られないって、一晩中？」

「母さんが夜勤に行く曜日だけな。母親が家にいないと寝られないなんて恥ずかしいけど。……でも父さんが読み聞かせてくれた絵本に『夜寝られる呪文』が書いてあったことを思い出してさ」

知りたいんだ、と亘は呟いた。

「絵本に出てくる公園がお菓子でできてたんだ。実際にお菓子の公園を見たら、絵本の内容を全部思い出せるかもしれないと思って」

「うわっ、それで俺にお菓子の公園を作ってくれって頼んできたのか」

「ああ」

「その絵本って俺も知ってる？」

「どうかな。ネットで検索しても、書店を探しても見つからないんだ。お菓子の公園で夜、眠れない子供が遊ぶっていう内容以外、タイトルも覚えてない」

「ううーん……わり。全然読んだ記憶ないわ」

「いや、気にしなくていい。でもモデルにした公園が見つかって」

「実在してるのか⁉」

更荷は目を見張った。

その更荷の反応で、亘のほうもようやく気づく。

お菓子の公園を作ってほしい、といい、どの遊具がどのお菓子でできていたのかを話しただけだった。

(俺、何も説明してなかった)

途方もない作業を依頼するというのに、そんな基本的なことすらしなかったのだ。

「……悪い、更荷。俺、ものすごく失礼だった」

今更のように恥じ入る気持ちに打ちのめされる。

か細い声で謝った亘に対し、更荷は何も言わなかった。怒っているのかと一瞬不安に駆られたが、違う。

彼は彼で顔を覆ってうつむき……やがて長く息を吐いた。吐いて吐いて……そして新鮮な空気を吸い込み、彼は顔を上げた。

「悪かった。本気で作る」

「いいのか?」

「今の話を聞いて、まだグダグダするほど阿呆じゃないって。……というか、あの話がマジだったって今、やっと分かったというか」

「冗談でお菓子の公園を作ってほしい、なんて言わないぞ」

思わず言い返すと、更荷は「ふは」と気の抜けた声で笑った。

「いやー、だって冴島、急かさなかったじゃん」

「え?」

「教室でも全然その話しないし、メッセージとか送ってくるわけでもないから、そこまで熱心に頼まれたわけじゃないと思ったんだよ、軽いノリで話を振っただけなのに、本気で超大作を作ってこられたら、ドン引きするだろ」

「そんなこと……」

「結構あるんだよなー。……中学の時、バレンタインにチョコを渡し合おうって彼女に言われて俺、スイッチが入っちゃってさ。ちょうど焼いてみたかったホールケーキ焼いたら、見事に引かれて」

「あー……」

「向こうは溶かして型に流したチョコをくれたから余計にね……」

「……俺、更荷は明るくてイケメンでなんでもできて、悩みなんて何もないと思ってた」

「俺、めちゃくちゃ暴走するし、めちゃくちゃ人の目を気にするタイプよ」

大真面目(おおまじめ)に断言する更荷に、亘は思わず笑ってしまった。

父親がプロのサッカー選手で、思う存分サッカーをする環境が整っていてもなお、更荷はサッカーに対しては「めちゃくちゃ暴走」できなかった。人目を気にし、気さくで快活な人物を演じながら、彼が暴走してしまうのはお菓子作りのほうだったのだ。

「お菓子の公園、完成するのは六月になるけどいいか？」

「六月……。半月後ってことか？」

「それくらいかけなきゃ、いいモノは作れないでしょ。さっき言ってた『モデルになった公園』、教えろよ。まずは行って、直接見る。それと三枝が読んだ絵本の中で、遊具がどんな形のお菓子になってたのかも聞かせてくれ。そしたら、ラフを描いて色を塗って、冴島の記憶にある形にできるだけ近づけた上で作り始める」

「本格的だ……」

熱の籠もった更荷の視線に、亘まで熱くなった。将来の職業にしたいのか、本気をかけて熱中する趣味なのかは分からないが、更荷の「本気」に圧倒される。

「ありがとう、更荷」

「最高のやつ、作ろうぜ」

拳をぶつけ合った時、グラウンドの方で怒鳴り声が聞こえた。おい晴良どこだ！　と高圧的な怒鳴り声が聞こえる。

「……お父さん？」

「だなあ」

一瞬顔をこわばらせ、更荷はぎこちなく口元だけで笑った。先ほどまでの楽しそうな気配は消え、彼は戦地に向かう少年兵のように緊張している。

それでも彼は逃げることなく、グラウンドへ戻っていった。父を苦手視していることも、サッカーに恐怖を感じていることも本当だろうが、それでも彼はまだグラウンドに戻るのだ。いつか自分の意志で立ち去る日までは。

「頑張れ」

祈るように呟いた。

「頑張れ、更荷！」

「おーう！」

亘の声が聞こえたのか、遠くの方で更荷が一度、手を振った。

『更荷、作ってくれるって』

三枝に向けてメッセージを送ると、すぐに「いつ」と短い返信があった。彼も待っていたのだろう。

『本気で作るから六月に入るそうだ。いいよな？』

送った後、すぐに既読マークはついたが返信はない。ややあって、突然通話がかかってくる。困惑しながら通話に出ると、三枝の声がした。

『六月二日の金曜に間に合わせろって伝えろ』

「なんでその日なんだ？」

『二日後の日曜、六月四日が、満月だ』

「なるほど」

その言葉を聞いた瞬間、ふわりと記憶の表面が波打った。

ぽっかりと金色に輝く満月が空に昇っていた。月光の下、お菓子の公園は鮮やかに照らされ、つやつやと光っていた。

確かに、絵本の舞台は満月の日だった。シチュエーションを合わせるならば、月の満ち欠けも大切な要素の一つになる。

（三枝も本気で思い出そうとしてる）

三枝は三枝の事情で、更荷は更荷の事情で、それぞれ全力で関心を持ち、この問題に向き合っている。

絵本の内容を思い出すことも、そのためにお菓子の公園を再現することも、もう亘一人の願望ではない。

「ソーダを用意しないとな」

亘が言うと、通話先で三枝から満足そうな含み笑いがあった。

『懐中電灯の類（たぐい）もかき集めておけ。満月っつっても、そんなに明るくねえだろう』

「分かった」

通話が切れた後、亘は大きく息を吐いた。興奮しているからか、自分でも分かるほど身体が熱くなっていた。

7 月夜のお茶会

六月二日の夜、空はよく晴れていた。

日中からすがすがしい青空が広がっていたが、夜になっても天気は崩れない。二十二時をすぎた頃、亘（わたる）は大きなリュックを背負って家を出た。

母には天文部の合宿があると言っておいた。以前からその存在は語っていたため、怪しまれることはない。

（本当はまだ一度も参加できてないけど……）

四月に続き、五月の天体観測も中止になっていた。「真剣に中間試験の対策を練（ね）らないといけないから」という理由だったが、本当かどうかは怪しいものだ。亘が部室で会う時はいつも、部員たちは漫画を読んだり、だらだらと喋（しゃべ）ったりして時間を潰していたのだから。

（でもまあ、お互い様か）

亘もまた、天体観測に深い思い入れがあるわけではない。夜通し起きている大義名分が

ほしかっただけだ。仮に天文部の活動が活発だったら、部員の熱意に気後れしていたかもしれない。

寝なくてよい口実ができたという意味では、この日は絶好の徹夜日和だ。

夜の住宅街は思いのほか、様々な音と光にあふれていた。

壁の薄い家から漏れ聞こえてくる笑い声や音楽。帰途につきながら電話する通行人の声。

家々の明かりや外灯、コンビニエンスストアや自動販売機の明かりが夜の闇をにじませている。

これまで住んでいた小陽町ならば最終電車も終わった時間帯だが、月暈町では駅はまだ明るかった。待っているとホームに電車が滑り込んでくる。

まばらな車内で空いた席に座り、息をつく。

そしてぼんやりと夜景を眺めた。

タタン、タタン、と線路を渡る音は昼間よりもどこか低く、重い。夜の闇がまとわりつき、車内の空気をわずかに下げている。振動もずっしりと安定していて、まるでゆりかごで揺られている気分だ。

車窓から見える街明かりは流れ星のように尾を引き、時々建物の黒い影がカーテンのように揺らめいている。

深く、深く、闇に落ちるように進む電車。

――きっと今、自分は深夜に向かって進んでいる。

うつらうつらとまどろみながら終着駅の光景を想像していると、やがて電車がゆっくりと減速した。

月暈高校前、とアナウンスが駅名を告げる。

降りる客は亘一人だ。駅名が示すとおり、この駅には月暈高校以外、何もない。朝の通学時や放課後は生徒でごった返すが、週末の夜に月暈高校前駅を利用する者は滅多にいない。

案の定、改札を出ようとしたところで、初老の駅員に心配そうな顔をされた。怪しまれた様子がないのは、非行に走りそうにない地味な見た目のおかげだろう。今こそ、この容姿を活かす時、と亘は笑顔を向けた。

「今日、部活の合宿なんです」

「これからかい？」

「はい、今晩学校に泊まって星を見て、明日解散するという……」

「そうか、君、天文部か」

「知ってるんですか？」

これは意外な反応だった。ろくに活動しているところを見たことのない永盛たちが駅の職員にも知られているとは。

驚く亘に、駅員は懐かしそうに目を細めた。

「もうずいぶん昔だが、熱心に活動していた時期があっただろう。毎月、定期的に合宿をしていた」

「それです、それです。今日もそれで」

「また再開したのかい？　そりゃあいい」

なぜか駅員は何度も深く頷いた。

「昔は二泊三日でやっていた月もあったんじゃないかな。誰でも参加できる会を開くって言って、チラシを大量に抱えて改札を通ったこともあったよ。土日の間に学校のあちこちにチラシを貼って、月曜に登校してきたみんなを驚かせるんだって張り切ってたなあ」

「そんなことまで……」

「最初は一人だったけど、次第に人数が増えていってね。今回はこれをやった、次はアレをやるつもりだって色々話してくれて、聞いている私までわくわくしたなあ。一度、私も誘われて天体観測に参加したことがあったんだよ。なんでも学校側に掛け合って、部外者も校内に立ち入れるように交渉した、とかで」

駅員の話は終わらない。よほど楽しい思い出なのだろう。身振り手振りを交え、弾んだ声で話し続けている。

そんな彼の話を遮るのも気が引けて、亘は二十分ほど相槌を打った。

「……っと、すまないね。長々と」

「いえ、面白かったです」

気を遣って世辞を言ったわけではない。

今ではほとんど活動していないにも等しい天文部に華やかな時代があったこと。学校関係者のみならず、地域の者とも交流を持っていたこと。

もしかしたら天文部の部室に残っていた蔵書は、その時代の部員がそろえたものなのかもしれない。天体に夢中になり、活動を楽しみ、大勢の人を巻き込んで青春を送っていた光景が目に浮かぶ。

「今の話、天文部の先輩たちにもしてみます。また活発に活動してくれるかも」

「いいねえ。今しかできないことを楽しむんだよ」

笑顔で送り出され、亘は改札を抜けた。

夜の月暈高校前駅の周辺は閑散としていた。都会のようなビル群がないため、必然的に社会人向けの店もない。酒類を提供する飲食店や風俗店もない上、学生向けの安価な店も日曜の夜には閉店している。駅前に点在する英会話教室やその他習い事の店も明かりを落とし、周囲には外灯の明かりがポツポツと灯っているだけだ。

見上げれば、よく晴れた空に満月が浮かんでいる。その強烈な光に気圧され、星はほとんど見えない。黒く塗りつぶされた空にくっきりと巨大な月だけが君臨している。

「天体観測っていうのは無理があったかも」

駅員や母に少しでも知識があれば、今日はひと月の中でもっとも星の観察に向かない日だと見抜かれていただろう。うまくごまかせてよかったという気持ちより、彼らを騙してしまったという気持ちが強まる。

それでも足は止まらない。一歩進むごとに身体の奥から期待に似た高揚感がわき上がってくる。

誰かに見とがめられないように注意しつつ、亘は目的地へと急いだ。真っ暗な山のようにそびえる月暈高校の前を過ぎ、小道に滑り込む。何度か入り口を見つけられずに道を往復したが、ようやく亘は闇がこごったようなアーチを見つけた。

パキパキと枯れ木を踏みつけながら、公園へ足を踏み入れる。

「うわ……」

放課後に来た時とは、受ける印象がまるで違った。

木々に囲まれ、周囲から切り離された公園は真っ暗だ。重い闇に沈む公園は遊具の墓地のようでもある。

(絵本とは全然違うな)

まるいつきのこうえん、と名付けられていた絵本の中の公園は月光に照らされ、美しく彩られていた。くすんだ青や灰色、黄土色や茶褐色など、色味は抑えられていたものの幻想的で、素晴らしいことが始まる前のわくわくした高揚感を覚えたものだ。

　だが、どうやらアレは絵本特有の色彩表現だったようだ。道中の高揚感がしぼみ、夜の恐ろしさが這(は)い上がってくる。

　長く、重い闇の気配。

　知らず、身をこわばらせた時だった。

「おせえ」

「うわっ」

　カッと視界を焼くような閃光(せんこう)が当てられ、淡々とした声がした。

　誰かが近づいてくる気配はするが、視界がなかなか元に戻らない。それでも「犯人」が誰なのかは明らかだ。

「三枝(さえぐさ)、懐中電灯を人に当てるな！」

「思った以上に真っ暗だな。なんも見えねえ」

　亘の苦情もどこ吹く風で、三枝は懐中電灯を左右に振った。

「絵本じゃ月明かりで公園が照らされてたが、あれはフィクションだったからか」

「……そうだな、ちょっと考えれば分かったはずなのに、俺も明るいと思い込んでた」

「ま、現実はこんなもんか」

　亘も筒(つつ)状の懐中電灯は持ってきていたが、三枝のそれは業務用かと思うほどの大きさで、明かりの強さも強力だ。目の前を照らすためではなく、遥か遠くにも光を届けるためのライトなのだろう。

なんでこんなものを持っているのか、と問いたかったが、聞いたところで三枝が律儀に答えるとも思えない。亘は諦めて、担いでいた荷物を池の縁に置いた。

「放課後、更荷から預かってきた」

大きなリュックから、一抱えもある大きな箱を一つ。そして五百ミリリットルのペットボトルのソーダを二本取り出す。

「更荷も来たがってたが、明日、朝から練習試合があるらしくて」

「現物がありゃ、あいつはいらねえ」

「またそういう……」

中学からの知り合いとはいえ、三枝と更荷はあまり仲がよくない。それでも更荷が三枝に怯えている様子はなく、三枝のほうも更荷を心底嫌っているわけではなさそうだ。

お互い、自分とは関わり合いのない者、として一定の距離を置いている。こんなことがなければ、月暈高校での三年間も接点を持たずに終えていたかもしれない。極力全員とうまくやりたい亘にとって、彼らのドライさは新鮮だ。

「自信作だって言ってたな。反応が見たいから、動画を撮ってほしいと頼まれた」

「ぜってえ嫌だ」

「準備も含めて半月以上かけてくれたんだから、そのくらいは」

「引き受けたんなら自己責任だろ」

妥協（だきょう）する気もない三枝に、亘はやれやれとため息をついた。自分の反応だけでもせめて、とスマホをインカメラに設定しつつ、自分だけが映る角度に調整する。

そんな亘の気遣いなど、三枝はお構いなしだ。月明かりは頼りにならないと判断したのか、懐中電灯を直接箱に向ける。

「早く開けろ」

「分かったって……」

これ以上時間をかけたら、勝手にどんどん進められそうだ。

急（せ）かされながら箱を開けた瞬間……。

「うわあ……！」

亘は思わず感極まった声を上げた。

――お菓子の箱庭だ。

箱の中央にとろりとした光沢を放つチョコレートケーキの滑り台がある。まさに今、流れているようになめらかなチョコレート。懐中電灯の明かりを反射するほどつややかで、一辺の曇りもひび割れもない。

優美な女王のように君臨しているケーキの周りには糖衣のかかったアーモンドの石畳（いしだたみ）が

敷かれ、きめ細やかなバタークリームを飾られたマフィンのテーブルに続いている。そしてマフィンを挟み、年輪模様が美しい切り株模様のバームクーヘンが二つ。

少し離れた位置には白と赤の飴をねじって作ったキャンディケインが五本置かれ、小さなクッキーで作ったレンガを組んだ池もある。池には薄青色のゼリーが揺れていて、弾けるソーダの泡を模した金平糖がいくつか散っていた。

「すげえな」

砂糖の甘い香りとバターの芳醇な香りが立ちのぼる。

さすがの三枝も箱庭に魅入っていた。

亘もため息をついたまま、しばらく言葉が思いつかない。ようやく出た声も感動で震えた。

「ああ、この公園そっくりだ。更荷、何度もここに来て、再現度を高めてくれたんだな。……こんなにすごいものを作ってくれたなんて、どうお礼を言えばいいか」

「…………」

三枝は無言だが、目はお菓子から離れない。

食い入るように箱庭を見つめ……おもむろに彼は懐中電灯を操作し、明かりを弱めた。

「あ……」

先ほどまで、強烈な光に照らされた箱庭は昼間のように煌々と輝いていた。それは箱庭の完成度の高さを亘たちに教えてくれたが、あまりにも明るすぎた。

その光を弱めた途端、「夜」が戻ってくる。ぽっかりと昇った月に照らされたお菓子の公園のように。

「……………」

チカチカと記憶の中で何かが瞬く。

この箱庭は亘が幼い頃に見た絵本の挿絵にそっくりだ。……だが何かが足りない。絵本の中ではイラストのあちこちが光っていた気がする。点々と、蛍のように淡く、色とりどりの光点がいくつも散っていて……。

「アイスだ」

ストロボを焚いたように、記憶が蘇った。「まるいつきのこうえん」の光源は月光だけではなかった。

「茂みにアイスの実がなってた気がする。なんだったか……。あー、『……ひやり。ひやり。しげみには、アイスのみがたくさんなっていました。あまいあまいイチゴミルク。トロトロとろけるキャラメル。そして、はじけるオレンジのシャーベット』……」

「お前、よく覚えてんな」

「思い出したんだ。突然」

耳の奥で聞こえた父の声を追いかけるように繰り返す。一度思いだしてしまえば、なぜ今まで忘れていたのかが分からない。

「アイスの実を食べたら、主人公の身体（からだ）が光った気がする」

「その状態で触ったところも光ったな」

三枝も思い出したようだった。

イチゴミルク味のアイスを食べた手で触った茂みが、ピンク色に光った。

オレンジシャーベットを食べた足で踏んだ大地がオレンジ色に光った。

そうやって、主人公が歩く先がポツポツと輝き、あっという間に天の川（あまのがわ）のような光の粒で満たされた。……そういうページがあったはずだ。

「見開き全部が満天の星みたいになってて……あっ、次のページに何かいたな」

落ち着いた色味の「まるいつきのこうえん」に戻ったページに何かがいた。その映像が脳裏（のうり）をよぎる。

「確かピンク色のウサギだ」

「風船を持ってるピエロだったか」

「……え？」

思わず二人して顔を見合わせた。

「ウサギだろう？　公園をこっちから見た構図で、ちょうど滑り台の後ろの方に」

「ピエロだ。登り棒のそばにいた」

亘の記憶では、確かにピンク色のウサギだった。遊園地によくいる着ぐるみのようなウサギが二足歩行していて、主人公の方を向いていた記憶がある。立っていた場所も、チョコレートケーキでできた滑り台の後ろだったはずだ。

だが三枝は全く別のところに、違うキャラクターがいたと断言する。

どういうことだ、と亘たちは首をかしげた。

二人の記憶が食い違っている。

（ピエロもいたが、忘れてるとか……？）

その可能性が高いが、いくら考えても亘は絵本の中にピエロを見た記憶はない。そもそもそんな特徴的なキャラクターならば、絶対に覚えているはずだ。

「夜の公園にピエロがいたらホラーじゃないか」

「ウサギの着ぐるみもヤベえだろ」

「それはまあ……」

確かに、冷静に考えると背筋が寒くなる。

ただ絵本を読み聞かされていた当時、自分は怖い思いをした記憶がない。父という絶対的な味方と一緒にいたからなのか、別の理由があったのか。

「そのウサギだったか、ピエロだったか……はストーリーにどう絡んだか分かるか？」

「覚えてねえ」

そこが一番の問題だというのに、それは二人とも覚えていなかった。アイスの実が出てきた一幕は鮮やかに思い出せるが、それ以降の話の展開も曖昧（あいまい）だ。

「ダメだ。お手上げ」

散々頭を悩ませたが、結局亘は音（ね）を上げた。それと同時にバームクーヘンが気になりだす。我慢できず一口かじると、しっとりとみずみずしく、どんな店の商品よりも美味だった。バームクーヘンというものは喉（のど）に詰まるのが定番だと思っていたが、これほどしっとりときめ細かく仕上げることができるとは。

「あいつ、こっちに進めばいいんじゃねえのか」

「どうかな……」

今はまだ、元プロ選手の父の存在が更荷の中で大きいように感じられた。お菓子作りのことも一貫して「趣味だ」と言っている。

ただ箱庭を作り上げる情熱と、一つ一つのお菓子にかける熱量。そして食べる側の亘が毎回感動するほどの技術を感じるたび、更荷には才能があると思えてならない。

「月曜日、感想とお礼を言わないとな。三枝も……って、一人で食うな！」

「ナイフもねえし、分けられねえだろ」

ひょい、とマフィンのテーブルを取り上げ、さも当然のように一人で食べ始める三枝に抗議する。手を伸ばすも、簡単に動きを封じられ、距離を詰めようにもかわされた。

さすが連日喧嘩に明け暮れていた男だ。中学時代はバスケをしていたものの、ブランクのある亘では太刀打ちできない。

何か有効な一撃はないかと頭を悩ませていた時だ。

「なんか鳴ってないか？」

どこかでかすかに異音が聞こえる。

自分のスマホかと思ったが、録画画面に変わったところはない。亘が一応インカメラでの撮影を止めた時、自分自身のスマホを見た三枝が「うぜえ」とうめいた。どうやら彼宛にメッセージが届いていたらしい。

（そういえば、何度も鳴ってたような……）

お菓子に夢中で気にしていなかったが、改めて考えると、これまでも異音は何度か聞こえていた。それが全て三枝宛の連絡だとしたら、相当緊急の用事なのではないだろうか。

（焦ってはいないようだけど）

すぐにスマホをポケットにしまい、三枝は苛立たしそうに立ち上がった。

「誰からだ？」

そっと尋ねると、三枝は黙った。それから一度しまったスマホを再び取り出し、画面を見つめる。続けて亘にジッと視線を注ぎ、今度は深々とため息をついた。

「来い」

「え……ええっ？」

理由を尋ねる暇もない。お菓子の箱庭を片付けるのが精一杯だ。

そのまま引きずられるようにして、亘は公園を連れ出された。

住宅街は真っ暗だったが、公園内とは違い、外灯がところどころに立っている。街は寝静まっていたが、それでも人々が生活している温かみを感じる。

一体どこへ連れていかれるのかと困惑したまま五分ほど歩いた時だった。

「入れ」

「え……」

明かりのついた一軒家にたどり着き、三枝は顎をしゃくった。門を乱暴に開け、ポケットに入れていた鍵で扉を開ける。

その瞬間、廊下の奥からパタパタと足音が近づいてきた。

「致留！　もう、どこに行ってたの！」

「うるせえな。その辺だ」

「その辺ってあなたはまたそうやって……っ。あ、あら？」

声を潜めながらも三枝に詰め寄った女性が、亘に気づいた。小柄で、草食動物のような大きな目をしている。四十代だろうが、顔立ちが柔らかいため、かなり若く見えた。いつもピリッと気を張り詰めている亘の母とは正反対の雰囲気を持っている。

何がなんだか分からずにうろたえる亘と仏頂面の三枝を交互に眺め、彼女は大きく目を見開いた。

「あらあらあらまあ……お友達？」

「ちげ……」

「初めまして。夜分遅くにすみません」

反射的に亘は笑顔で頭を下げた。隣で唖然としている三枝の気配を感じ、ほんの少し溜飲が下がる。

（まだ全然分かってないけど……）

状況から考えて、ここは三枝の家なのだろう。先ほど、何度も送られてきたメッセージは母親からのもので、夜遊びに出たまま帰らない息子を心配していたと考えるのが妥当だ。少し前まで髪を金に染め、喧嘩ばかりしていた三枝に対しても、ずいぶん愛情深い。

ならば、亘は柔和な優等生として振る舞っておくのが良さそうだ。

「悩みがあって、三枝くんに相談に乗ってもらっていたんです。気づいたら、こんな時間になっていて……。連絡もせずにすみません」

「ええっ、致留が悩み相談？」

ぱあっと三枝の母親の顔が輝いた。涙ぐむ勢いで彼女は嬉しそうに亘たちを交互に見つめた。

「そういうことなら全然いいのよう。あなたはどこのどなた？　月暈高校の子？」

「はい、同じ学年のさえ……」

「全く……やっと帰ったのか」

　その時、第三者の声が割り込んだ。

　硬質な男性の声だ。ビリッと三枝の空気が張り詰める。

「……？」

　玄関からまっすぐ延びた廊下の奥で扉が開き、痩(や)せた長身の男が現れた。

　髪は豊かだが、白いものが混ざり始め、眼鏡(めがね)の奥で光る目は鋭い。見た瞬間、「針金」という単語が亘の脳裏(のうり)に浮かんだ。

「いつまで経ってもふらふらと……。喧嘩と補導でどれだけ迷惑をかけるつもりだ」

「…………」

　殺気だった眼光で三枝が男性をにらみつける。だが男性は軽く片眉(かたまゆ)をあげただけでそれをいなした。「へ」の字に曲がった口元はまるで変化しない。

「いい加減、立場をわきまえろ。お前のそうした態度がどれだけ周囲に悪影響を与えているか……」

「あ、あの！　すみません、今日は僕が彼を……」

「いい。来い、冴島(さえじま)」

　とっさに割って入った亘を制し、三枝は靴(くつ)を脱ぎ捨てて家に上がった。促されるままに靴を脱いでそろえたところまではよかったが、腕を摑(つか)まれ、引きずられるようにして階段を登らされる。

「お、お邪魔します。騒ぎませんので……！」

　階下から見上げている男女にそういうのが精一杯だ。男性のほうが小さく「冴島？」と呟(つぶや)いたのが聞こえた気がしたが、詳しく確かめる余裕もない。

　わけも分からないまま、亘は二階の突き当たりにある部屋に押し込められた。

「三枝、挨拶(あいさつ)くらいさせてくれ」

「うるせえ」

　簡素な部屋だった。引っ越してから二ヶ月と少ししか経っていない亘の部屋と変わらないほど私物がない。

　机もなければ、椅子(いす)もないのだ。家具と呼べるものはベッドと小さな棚(たな)のみ。埋め込み式のクローゼットはあるが、室内に服があふれているわけでもないため、衣服はそこに収まる程度しかないのだろう。

(三枝ってずっとこの街に住んでるんだよな)

　それなのに、この寒々しい私室は一体どういうことなのか。

「始発動いたら、とっとと帰れ」

三枝はベッドの掛け布団を引き剝がして亘に投げ渡すと、自分はベッドにごろりと横になった。掛け布団を貸してくれるだけありがたいと思うべきなのか、この待遇に文句を言うべきか、少し迷う。

(お父さんは十年前に亡くなったって)

ならば先ほど三枝に声をかけたのは、母親の再婚相手なのだろうか。外見は確かに、三枝とは全く似ていなかった。

「三枝」

時間を持て余して呼んでみたが、三枝からの応えはなかった。寝てしまったのか、亘と会話するのが面倒で寝たふりをしているのかは分からない。

夜の公園で共に記憶を掘り起こしていた時は普通に話せていたが、こうして拒絶の空気を感じてしまえば距離の詰め方が分からない。

「……時間」

閑散とした部屋の壁にかかった壁掛け時計を見つめ、ふと気づく。

すでに午前零時を過ぎ、長針がのんびりと時を刻んでいるところだ。

先ほど公園で三枝はスマホを一瞥し、亘の腕を引いた。

あの時、彼は終電がもう終わっていることを確かめたのだろうか。そして、今からでは亘は自宅に帰れないと判断し、自分の家に連れてきた。公園に亘を放置して、一人で帰ることができたのに。

……呆れるほど不器用な男だ。

あの場で恐怖を覚えて逃げる者がいてもおかしくない。そして一度逃げれば誤解は解けず、「深夜、三枝にリンチされそうになった」という思いを抱くだろう。さらにその思い込みを触れ回れば、三枝は周囲からも「問題児」として認識される。そして誰からも遠巻きにされ、孤立を深めそうなものだ。

（今まで、そうだったのかも）

その光景が目に浮かぶようだ。

自ら誤解されるような行動を取る三枝を呆れる気持ちは少しある。

だがそれ以上に、彼の不器用な優しさに感謝している自分がいる。そして沈黙の落ちるこの空間を心地よく感じる自分も。

……改めて考えると、自分たちの間柄は他人にうまく説明しづらい。

友人といえるほど近くはないが、ただの顔見知りというには、踏み込んだ事情を互い知っている。

「そういえば、三枝って最近はあんまり怪我してないな」

「あ？」

寝たと思っていた三枝から返事があった。

「髪もあっさりと黒に戻したし……もう喧嘩は飽きたのか？」

「趣味みてえに言うんじゃねえよ」

「趣味じゃないのに喧嘩してたのか？　なんで」

「………」

わけが分からずに尋ねたが、もう返事はなかった。言葉を変えて何度か問いかけてみたが、結果は同じだ。

諦め、亘は部屋の隅で横になった。

(苛立ち、だったのかな)

父親の埋めた宝のありかが思い出せず、古書店や児童館を含め、一人でどれだけ探しても手がかりすらない。

その苛立ちを発散させるため、三枝は喧嘩に明け暮れていたのだろうか。

そして亘と行動するようになり、その衝動が落ち着いたのだとしたら……。

(少しは、俺も役に立っていたのかな)

そうだったらいいと思う。亘の問題に三枝を付き合わせているのではなく、この関係が両者にとって有益なものだとしたら、心がかなり軽くなる。

「……ふぁ」

意外だった。今日は金曜日で、普段なら一睡もできずに長い夜を過ごす日だ。

しかし今日は同じ部屋に自分以外の存在を感じ、とろとろと眠りに誘われる。貸してもらった布団にくるまり、亘は引きずり込まれるように意識を手放した。

8

解き明かされた遠い青春

翌週の月曜日は朝から重い雲が空を覆(おお)っていた。

少し前までからりとした春風が吹いていたというのに、気づけば梅雨(つゆ)を迎えようとしている。運良く雨が降らなくとも空気は湿り、制服や鞄(かばん)のみならず、髪も心なしかしっとりと重い。通学路に植えられたあじさいはいつの間にか鮮やかに色づき、どんよりとした景色に彩りをもたらしていた。

「冴島(さえじま)！」

一年A組の教室で机に鞄を置いた瞬間、駆け込んできた男が亘(わたる)の両肩をガッと摑んだ。

もう誰なのかは分かっている。

目を輝かせている更荷(さらに)を振り返り、亘も笑った。

「おはよう。金曜はありがとう」

「どうだった⁉」

「最高だった」

お菓子の箱庭の話だ。土曜の早朝、冴島の家から自宅に帰った亘は更荷にメッセージを送った。味や形状についての興奮をなるべく克明に書いたつもりだが、どれだけ書いてもあの感動は伝えきれない。

「公園では食べきれなくて、全部半分ずつに分けて持ち帰ったんだが、おかげでこの三日間、毎日楽しかったよ。チョコケーキは母さんも感動してた」

「おお、冴島のお母様にも食べてもらえたと……！」

「俺も知らなかったんだけど母さん、甘すぎないチョコケーキが大好きだったみたいだ。でも市販のものだと大抵チョコケーキは甘いから、あえて買うことはなかったって」

「あー、そういうこと、あるよなあ」

亘にとっても初めての発見だった。普段はぎこちない食卓の会話が弾んだのは久しぶりで、そういう意味でも更荷には感謝してもしきれない。

「ホールで注文させてくれないかって頼まれたんだ。更荷の都合もあるから、期待しないでとは言っておいたけど、よかったら今度その話もさせてほしい」

「そこまで？　そうかそうか、そこまでか～」

更荷は小躍りせんばかりに嬉しそうに笑った。

「試合がない土日なら全然作れる！　冴島は何がよかった？」

「全部うまかったが、バームクーヘンが一番好きだな。今まで食べた中で一番うまかった」

お菓子の箱を包んでいた布を返すと共に、金曜日の深夜、録画しっぱなしだった動画を見せる。懐中電灯の明かりしかないため、かなり見づらい動画になってしまったが、更荷は食い入るようにそれに魅入った。十分以上ある動画を瞬きも惜しむように凝視し、ようやく安堵したように大きく息を吐き出す。

「うまくいってよかった〜。強度の違うお菓子を詰めた箱庭だから、持ち運ぶ時に崩れなかったかも心配でさ」

「うわ、悪い。俺、そこまで気が回らなかった……」

言われて初めて、亘は崩れていないことを「当然」だと考えていた自分に気づいた。絵本に描かれていたお菓子の遊具がどんな形だったのかを伝えることに必死で、そのお菓子の「もろさ」のことは一度も考えなかった。

「ゼリーの池も、アーモンドの石畳も綺麗に箱庭に収まってたよ」

「ゼリーは少し固めに作ったんだ。石畳は水飴をノリ代わりにして貼り付けてさあ」

「そんな工夫があったのか……。やっぱりすごいな、更荷」

製菓の腕も、他人に食べてもらうことに対する気構えも、更荷がお菓子にかける情熱は「趣味」の域を超えている。

「あの箱庭を見た時、絵本の中に入ったような気持ちになったよ」

「なんか思い出せた？」

「ああ、全部じゃないけど、すごく。茂みにアイスの実がなってたことも思いだした」

「アイス！　いいな、それ。夏になるまでにちょっとやってみるかな」

亘の話で刺激されたのか、更荷の目がキラリと光った。本当に夏に向けて、自家製のジェラートやアイスクリームを開発しそうな勢いだ。

「市販のアイスって、ものによって『アイスクリーム』って書かれてたり、『ラクトアイス』って書かれてたりするだろ。あれって乳固形分の割合が違うんだ」

「乳固形分？」

聞き慣れない単語に首をかしげる亘に、更荷が活き活きした顔で言った。

「乳製品に入ってる水分以外。アイスクリームは一番濃厚で、全体の十五パーセント。ラクトアイスは三パーセント以上入ってる。何も入ってないのは『氷菓』で、まあ、かき氷とか、その辺が全部入る感じ」

「なるほど」

「でも十五パーセント以上の乳固形分が入ってたら全部アイスクリームってのも乱暴だと思うんだよな。実際、何パーセントが一番うまいのかわからないじゃん。それ、調べてみたら面白そうじゃね？」

わくわくしている更荷の声を聞いているうちに、亘までどんどん楽しくなってきた。

　きっとこだわりと情熱を詰め込んだスイーツになるに違いない。

「それ俺も一緒にやりたい、ぜひ参加させてくれ。何パーセントが一番自分の好みなのか、俺も知りたい」

「もちろん！　ただ持ってくるのが難しいな。クーラーボックスに入れて学校に持ってきても溶けそうだし……」

「放課後に集まるのは？」

「それが妥当だよな。夏休みに入る前に……うーん、でもどうせなら暑い日のほうが」

「八月十三日」

　その時、突然亘たちの会話に第三者が割り込んだ。聞き慣れていた声ではあったが、驚いて振り返ると、三枝が嫌そうな顔で立っている。

　これまで三枝が亘の教室に来たことはない。髪を黒く染めたとはいえ、珍しい来訪者に教室内からいくつも視線が飛んでくる。

「三枝、珍しいな。何かあったのか？」

「何かじゃねえ。これ」

　三枝は更荷の机に一枚のタオルを落とした。更荷が「あ」と声を上げる。

「箱の底に敷いてたやつだ。ゼリーがこぼれたら大惨事になると思ったから念のため」

「そうだったのか……。悪い、更荷。俺、気づいていなかった」

深夜の公園でお菓子を片付ける時か、三枝の家で残ったお菓子を分ける際に落としてしまったのだろう。

更荷はちらりと三枝を見上げ、何も言わずにタオルを手に取った。これまでのようにぎこちない空気が流れるかと亘は思ったが、そうではない。更荷は亘に対する時と同じように、気安い様子で三枝に尋ねた。

「何がよかった？」

亘の見せた動画には三枝も映っていた。子供のように夢中でお菓子を取り合う亘たちを見て、更荷の中でも三枝の印象が変わったのかもしれない。

三枝もまた、グッと眉間にしわを寄せつつ無視はしない。口では憎まれ口を叩いていたが、更荷の膨大な労力を無視する男ではないはずだ。

「……椅子のやつ」

「バームクーヘンね。冴島も褒めてくれた」

「あれ、もっと大量に作れよ」

「人にものを頼む態度じゃないんだよなあ。何味がいいわけ」

「思いつくだけ全部」

「遠慮もないんだよなあ」

やれやれ、と嘆きながらも、更荷は楽しそうだ。そわそわした亘にも、どこか得意げに片目をつぶる。

「意外と簡単なんだぜ。卵焼き用の四角いフライパンがあるじゃん？　あれに薄く生地を流して両面を焼いたら一度取り出して、また生地を流したらその上にさっき焼いた生地を載せて……っていうのを繰り返したらできる」

「そうやって作るのか」

「高さが出たら、切り株の形にくりぬいて完成。市販のバームクーヘンは日持ちするように水分を減らしたり砂糖を大量に入れたりするけど、今回渡したのはその辺、度外視だったからな。生クリームや牛乳を入れまくったから、めちゃくちゃしっとりしてただろ」

「それであんなにおいしかったんだな」

「手間暇かけられるのは、やっぱ手作りの醍醐味だよな～」

楽しそうに語る更荷の話を聞いているうちに一限が始まる予鈴が鳴った。

長居しすぎたと悔いたのか、三枝がしかめ面で教室を出ていく。そこでようやく亘は彼が現れた時の台詞を思い出した。

「さっき八月十三日って言ったが、なんでだ？」

廊下まで三枝を追いかけ、亘は尋ねた。

「具体的な日付を指定するってことは、何かあるのか」

「今年、流星群だろ」

「そうなのか?」

「ペルセウス座流星群。地上からじゃそんなに見えねえだろうが、アイス食いながら見上げたらいいんじゃねえの」

「……おお」

思わず感嘆（かんたん）の声がこぼれた。

そしてようやく気づく。

「もしかして三枝って星に詳しいのか?　今回も、六月四日が満月だから、それに合わせて更荷にお菓子を作ってもらえって言ってたし」

「逆に、なんでお前は詳しくねえんだよ。天文部なんだろ」

「俺は週一で合宿があるならどこでもよかっただけで」

「そーかよ」

それきり彼は立ち去ってしまう。せっかく会話が弾みそうだったのに、自分の無知のせいであまり続けられなかった。

悔いつつ席に戻ると、更荷が面白そうに笑っていた。

「三枝の奴、結構イメージ変わったな。冴島の言うとおり、思ったよりは怖くない」

「ああ、三ツ谷（みつや）先輩が言ってたとおりだ」

「三ツ谷?」

「俺のペア制度の相手。あんまりペア制度には乗り気じゃないけど。……小学校から三枝と一緒だったらしいんだ。中学は更荷もかぶってるんじゃないか？」

「センパイ全員と仲いいわけじゃないからなあ」

少し悩む様子を見せたが、更荷は諦めたように肩をすくめた。いつも華やかな生徒に囲まれている更荷と、勉学に励む三ツ谷だと確かに関わることがないかもしれない。

「わざわざ三枝の話をしたってことはそのセンパイ、もしかして三枝に気がある感じ？」

「ど、どうかな……」

「お、冴島もそう感じたと見た」

更荷はめざとく笑った。

「それならチャンスじゃね？　三枝との仲を取り持つとかなんとか言えば、ペア制度にも協力的になってくれるかもよ」

「うーん……許可もなく三枝をダシにするのは……」

「もし文句言われたら、器が小さい奴だなって言ってやればいいんだよ」

無遠慮な更荷に苦笑する。ペア制度の話題が出たため、亘のほうも話を振った。

「更荷のほうは？」

「こっちは無理無理」

冷淡なほどあっさりと更荷は片手をひらひらと振った。

「前園センパイが友達の告白を後押ししたのかも、って推測は大当たり。恥かかされたって激怒してて、廊下ですれ違ってもにらまれるよ」

「じゃあペア制度のイベントは……」

「全部無理でしょ。……っても別に困ることはないんだよな。運動会のはちまきやら幼稚園へのプレゼント作りとかは元々やるペアのほうが少ないらしいし」

「俺もそう聞いたな」

「学校関係の情報なら、サッカー部のセンパイに聞けばいいしな。実は俺、レギュラーに決まった頃はちょっと嫉妬されるっていうか、部内でぎこちない感じもあったんだけどさあ。親父が練習に参加した辺りから、先輩たちが優しくなったわけ」

　更荷の言葉で、亘は彼にお菓子作りを頼んだ五月半ばの頃を思い出した。腕に痛々しい擦り傷を作り、更荷は水飲み場で傷を洗っていた。

　彼が危険なタックルを受けて怪我した現場は見ていないが、きっと壮絶だったのだろう。多少やっかんでいた先輩たちが気圧され、黙り込んでしまうくらいには。

　更荷はそれをラッキーだと笑う。

　彼にとって、父親絡みの問題とはそうやって笑ってやり過ごすものなのかもしれない。

（なんとかなるといいけど）

　亘には何もできないことがもどかしい。

ただ親子の関係には介入できなくとも、もう一つのほうくらいは……。

(返しきれない恩があるしな)

素晴らしいお菓子の箱庭を作ってもらった恩に少しでも報いなければ。

「あの……前園先輩はいますか」

その日の放課後、亘は二年B組の教室に向かった。三ツ谷を探すために二年E組を訪れた時も緊張したが、あの時は「ペア相手に会いに来た」という分かりやすい理由があった。まずは更荷が先陣を切り、他にも続々と一年生が続いたため、亘も緊張せずに上級生の教室に行けたのだ。

だが今は初対面の相手に突然会いに来ただけだ。不審がられて当然。下手すれば、追い返されるかもしれない。

余計なお世話だと知りつつ、それでも行動したかった。

「誰、あんた」

二年B組の教室から誰かが出てきた。きついまなざしと隙のない化粧は一度見たら忘れられない。更荷とペアを組んだ上級生、前園だ。彼女のほうは当然亘を認識しておらず、不審そうな目を向けられる。

「急にすみません。一年の冴島と言います。今、少しだけお時間いいですか」

「はあ？　しらねーし」

前園は取り付く島もない。ただ亘を押しのけて出ていこうとした彼女の背中に、別の女子生徒が声をかけた。

「冴島って入学式で新入生代表挨拶(あいさつ)してた奴じゃん？　秀才くん」

「へえ、あんた、頭いいの？」

前園と目が合い、亘のほうがたじろいだ。

「いえ、全く。……その、受験の時は時間があったので」

「時間ある時、勉強するって選択肢(せんたくし)がそもそもねーわ。……何？」

意外なことに、たったそれだけの情報で前園は亘の話を聞く気になったようだった。学業だろうとサッカーだろうと、他人よりも秀でている者なら彼女の視界に入るのだろうか。

（いや、多分違う）

優秀かどうか、より、相手の素性(すじょう)が分かっていることが重要だという印象を受けた。新入生代表を務めた、という情報からは亘がコツコツと勉強するタイプであることや、集中力があることは分かる。人間性に関しては未知数だが、突然殴(なぐ)りかかってくるような危険人物ではないと判断したのかもしれない。

そういうことを常に気にする必要があったのだろうか。

「更荷の件で少しお話ししたくて」

その瞬間、じろりときつくにらまれた。だが、追い払われることはない。

前園は亘に顎をしゃくり、教室を出た。どこに連れていかれるのかと思いきや、彼女が向かった先は屋上だ。放課後ということもあり、数名の生徒がお喋りに興じている。

「ここ、結構落ち着くんだよね」

設置されているベンチに座ることはせず、前園は貯水タンクに寄りかかって空を仰いだ。タンクの陰になっているため、直射日光は当たらない。亘も真似をして、見上げてみた。

「夜は天体観測もできるそうですね」

そう言ってから、自分でもむなしさを覚える。こんなに気軽に来られる場所なのに、天文部の天体観測は未だに一度も開催されていない。

「天体観測とかしてんの？　うける」

「いえ、中止になってばかりで、まだ一度も……」

「ははっ、やっぱやる気ないんだ」

乾いた声で笑う前園に亘は首をかしげた。「やっぱ」というからには天文部のことを知っているようだが、前園のように華やかな生徒と天文部の地味な部員たちに接点があるのだろうか。

亘の視線に気づいたか、前園は肩をすくめた。

「あたしが一年の時のペア、天文部の先輩だったんだよね。永盛とかいう」

「えっ、そうだったんですか?」

「そこそこ話すようになって……なんかの時、天体観測に誘われたわけ。陰キャにしては勇気あるじゃん、って思ったんだけど」

「陰キャ……」

「地味な奴ばっかじゃん。陰キャっしょ」

化粧もファッションも隙がなく、流行の最先端にいる前園からしてみれば、確かに亘も含めた文化部の生徒は全員「陰キャ」だろう。

「あたしもちょっと面白そうだなって思ったけど、当日雨が降って、それっきりだわ」

「翌月に延期じゃなくて、ですか?」

「何度も付き合うほど暇じゃねーの」

もっと関係が深まった後ならば、一度や二度の雨で約束は流れなかっただろうが、無情なものだ。

高校に入学したてで新しい出会いの予感に浮ついていた男女の縁はそこで途切れた。改めて約束を取り付けるほどの熱意はなく、お互い、なんとなく気まずさを残したまま。

「そういうのって無数にあるじゃん?　なんかの話の流れでテンション上がって、集団で遊園地に行ったけど、そこで連絡先を聞きそびれたからそれっきりとか、話題の映画を一緒に観に行ったけど、思ったより内容が微妙で、話が弾まなくてそれっきりとか」

「すみません、そもそものきっかけがないので、なんとも……」

「ふは、永盛以上の陰キャ？」

辛辣なことを言われたが、思ったよりも嫌な気分にはならなかった。前園の口ぶりに、亘を嘲笑する悪意がなかったからだろう。

ただの軽口だ。適当な軽口と、適当な相槌と、適当な約束を繰り返し、彼女たちは生きている。

「まー、だから一回切れたらそれっきりなワケ。更荷のこともね」

前園が話を戻した。

「向こうも困ったら部の先輩に聞きゃいいし、あたしが何かすることないっしょ」

「でも」

前園はもう終わったことだと言い、更荷と和解する気がない。更荷も関係修復は早々に諦めているようだった。

二人とも交遊関係が広いから、だろうか。誰かと揉めた際、互いに本音で話し合って問題解決するよりは距離を置くことを選んでいる。そうやって彼らの世界が回っているのだとしたら、部外者である亘が口を挟むほうが野暮なのかもしれない。

「けど、ちょっと意外」

「え？」

ぽつりと言葉をかけられ、亘はハッと我に返った。

顔を上げると、眩しさに目を細めたような奇妙な顔で、前園が亘を見ている。

「あんたみたいなのが更荷と友達やってるの、結構意外。席が近いとか？」

「あ、はい、座席も出席番号も前後です。……でも本当にいい奴ですよ。熱いし、俺たちのためにすごい時間使ってくれるし」

「マジで？　ふつーに嫌な奴っしょ」

「そんなことないです！　……すみません、告白してるところを偶然見ちゃったんですが、アレは適当な気持ちでクッキーを焼いてきたのが更荷にとって、ダメだったみたいで」

「は？」

前園の声が低くなった。

内心ひるむが、ここで言葉を呑み込むことはできない。亘はそっと拳を握り、続けた。

「ちゃんと練習して、一番出来がいいものを渡したら受け取ったって言ってました。更荷、自分が本気すぎて、相手に引かれることを気にしてて……だから、相手も本気だって分かったら、しっかり考えると思います」

「……マジか～」

長い沈黙の後、前園は長い息を吐き出した。不思議と、それまでの冷めた口調がどこか変わった。

「それ、あたしも言ったんだよね。もっとちゃんと作ったら？　って」

「そうだったんですか？」

「でもあの子、早く告んないと誰かに先を越されるかもだし、手作り渡すと受けがいいからって聞かなくてさ。そういう考えって結構伝わっちゃうのに」

「……はい」

「まあでも、ちゃんと手間暇かけたところで、捕まえた男がクズならどうしようもねーけど。尽くされてることにあぐらかいて浮気したり、雑に扱ってきたりするから、結局その時の運次第ってね」

「更荷は、そんなことしませんよ」

「わかんねえっしょ」

じろりとにらまれ、反射的に亘は頷（うなず）いてしまった。

亘には到底想像もできない過去があることは前園の台詞（せりふ）からもうかがえた。容易に同意したり慰めたりしたら、今度こそ本当に怒られそうだ。

（愛情を差し出したら、雑に扱われる、か）

考えてもピンとこないが、想像するだけで嫌な気持ちになった。

何度かそういう経験をして、前園は「本気で誰かを好きになる」ことを自分自身に禁じたのかもしれない。それで偶然や運に任せて、軽く、浅い人付き合いを目指すようになったのかも。

「まー、でもあたしも大人げなかった、とは思う」

少しして、前園は吹っ切れたように言った。

「更荷に言っといてよ。ペア制度でなんかやる時はまあ……適当に付き合うって」

「あ、ありがとうございます！」

「まあ伝説の天文部なんちゃら、レベルのことはできないけどさ」

「伝説の天文部？」

「あれ、永盛センパイに聞いてないの？　あたしにはなんか熱弁してきたけど」

おそらくそれはかわいい後輩女子とペアになって、永盛が舞い上がったためだろう。なんとか会話を盛り上げたくて、口が軽くなったに違いない。亘にはそもそもペア制度の話すら、ほとんどしなかったが。

「すげー息の合った先輩と組んで、やることなすことすごかったって。なんだっけ……。あ、そうそう『さくま』だ」

「さくま……？」

どこかで聞いたことがあるような、と首をかしげ……次の瞬間、息を呑んだ。

「さくまって、もしかして……！」

＊　＊　＊

明かりのスイッチを入れてもまだ薄暗い天文部の部室にて、亘は棚を漁った。

狭い部室なのだからすぐに見つかると思いきや、隙間がないほど、棚にはぎっしりとものが詰め込まれている。書類やファイルの類が多かったが、下段の一番奥に古びた段ボール箱を見つけた。

手前に置かれていたものを全て出し、なんとか箱を引きずりだす。

「部誌だ」

箱を開け、思わず咳き込む。蓋を閉めていてもなお埃が積もっているところからして、相当年季が入っている。

箱には何十冊ものノートが入っていた。上から数冊分は端が黄ばんでいるだけだが、下にいくにつれて長年押しつぶされていたためか、紙がパリパリに乾いている。乱暴に扱えば破れるどころか「割れ」そうだ。

亘は慎重に部誌を引き出し、机に並べていった。

一番新しいものでも十年前だ。それ以降のものを探すと段ボール箱ではなく、棚の上段に立てかけられている。それもまた二年前までですトップしていた。

「永盛先輩が一年の時にはもう、書かなくなっていたんだな」

学祭で展示する研究発表を最後に作ったのは三年前……。ここ数年の、天文部の温度感が見えてくるようだ。

天文部は昔、活発に活動していた。今から三年前、当時三年生だった部員もまだやる気があったはずだ。部誌を書き、学祭で研究発表を模造紙（もぞうし）にまとめたくらいには。

ただその時、二年生だった部員はやる気がなく、彼らが三年生になった頃から天文部はほとんど活動しなくなったのだろう。当時一年生だった永盛もその様子を見ていて、同じようにやる気をなくしたまま過ごしていたに違いない。

「前園先輩を天体観測に誘ったのに……」

それも、永盛がやる気を削（そ）いだ一因なのかもしれない。

二年生に進級し、かわいい後輩女子とペアを組むことになった永盛はほんの少しやる気を取り戻した。そして勇気を出して天体観測に誘ったはいいが、当日は雨。結局その女子生徒ともそれっきりになってしまった……。

そんな風に少しずつ意欲を失う出来事が重なり、永盛は今のスタンスになったのかもしれない。

「もったいないな」

だが亘にはどうすることもできない。

頭を振って永盛のことは意識から追い出し、亘は古い部誌を調べ始めた。

探すのは二十八年前からの三年分だ。そんな昔のものはもう残っていないかもしれないと思ったが、意外にもその当時の部誌は箱の底から見つかった。……というよりも、その頃から部誌が作成されている。

「その時代に作られた部なんだ、ここ」

一番古い部誌を開いてみると、興奮気味の一文が目についた。

『六月十八日、今日から天文部正式スタート！　松前、瀬能、鹿島、水野、よろしくな！
朔真』

ノートからはみ出すほど大きく、パワフルな文字が躍っている。

部誌を書いた「朔真」の喜びが伝わってくるようだ。

自分の生徒手帳を確認すると、月暈高校で「部」として承認されるにはいくつかの条件があった。五人以上の部員がいること、顧問の教員がいること、部室が確保できること、一年以上同好会としての活動実績があること……。

それらを満たした場合、生徒会に届け出を出し、五月に行われる生徒総会で承認された後、校長に許可されると正式に部活動を行える。

一定数の部員と顧問を探さなくてはいけないことは亘も知っていたが、それ以外にもルールがあることは初耳だった。長い活動実績と面倒な手続きを踏み、生徒会を筆頭とした

「学校全体」を巻き込まなければならないとなると、生半可な熱量では作れない。

この「朔真」はそれをしたのだ。

同好会を一年間続けなければならないため、天文部が発足した時は二年生か三年生……。一年目は部費の予算も割り当てられず、苦労すると分かった上で、後輩たちのためにも部を作ったに違いない。

部誌は毎日、記載されていた。

天体観測やプラネタリウム鑑賞、星をテーマにした読書会や映画鑑賞などのイベントが行われる日もあれば、特に何もない日もあった。大きなイベントがない日でも、朔真が感じたことや考えたこと、部員の様子がイキイキと書き込まれている。

部員を増やすためにビラを作ろうと決めたこと。イラストを入れたいが、部員全員絵が下手（へた）で苦労していること。予算削減のため、バスケ部の合宿に一時的にマネージャーとして帯同する作戦を立てたこと。意外にもそこで生まれた縁が元で、何人か兼部してくれたこと——。

毎日、大小様々な出来事が起きていた。

人によっては特筆することもなく過ぎ去る日常だが、「朔真」はそんな日々を尊（とうと）び、楽しんでいた。その思いが約三十年後の時を経て、亘の胸を打つ。

小説を読むような心地で、亘はしばらく部誌に夢中になった。

……そして気づいた。ところどころに、気になる人名が出てくることに。

『学祭の件でよく分からないことがあったので、しゅんさんに相談した。相変わらず分かりやすい！』

『適当に集まって天体観測をしようとしたら、しゅんさんに怒られた。手続きがいるらしい。危なかった……』

『地域の人も巻き込みたいなー。しゅんさんに聞いてみよう』

『チラシを作って配りに行く！　しゅんさんも手伝ってくれた。しゅんさん、めちゃくちゃ絵がうまい。ビラの絵も描いてくれたし、俺のペア、マジ頼りになる生徒会長！』

　あちこちに出てくる情報を合わせて考えるに、この「しゅんさん」なる人物が天文部と朔真にとってのキーマンのようだ。

　朔真は彼に相談し、天文部を作るためのルールや動き方を聞く。そして彼の助言に従って申請し、天文部を発足させた。

　きちんと活動を始めた後も、新しい企画を練る時や、それを実現させるための方法について、朔真は何かあるたびに「しゅんさん」に相談し、相手もまた熱意を持って朔真を助けていたようだ。「しゅんさん」は生徒会長を務めていて、温厚で面倒見がよく、教師からも信頼されていたが、その一方で面白いことが大好きで、多少の校則違反は率先して行うような悪癖もあったらしい。そんなところが生徒たちの信頼を得ており、「しゅんさん」が立候補した年の生徒会選挙は大盛り上がりだったという。

　まるで漫画のキャラクターのようだ、と亘は苦笑した。ここまでできすぎとなると「朔真」がいささか盛って話しているのだろうと思ってしまうほどに。

　この部誌を創作のようだと感じるのはきっと、彼らの高校生活が自分とはあまりにもかけ離れているためだろう。

　小説の主人公たちを応援する気持ちで部誌を読み進めていた時だった。

　三月中頃の日付に亘は目が釘付けになった。

『今日でしゅんさんが卒業する。入学してから俺も天文部もめちゃくちゃお世話になったから正直さみしい。地方の大学に行くらしいから、なかなか会えなくなるし。……でも笑顔で送り出す！　冴島俊馬(しゅんま)センパイありがとうございました！』

「……え」

　卒業という単語があるように、卒業式当日に書かれたようだ。仲のよかった先輩の卒業を悲しみつつ、あふれんばかりの感謝が伝わってくる。

　だがそれ以上に、初めて記載されたフルネームに亘は唖然(あぜん)とした。

　――冴島俊馬。

「父さん……？」

＊　＊　＊

いつの間にか日が暮れかかっていた。

部室を飛び出した亘は三枝に連絡し、なじみの公園で落ち合った。

外灯のない小さな公園は日暮れの影響をしっかりと受ける。空どころか、空気までも茜(あかね)色に染まり、公園の遊具全体を赤く彩っていた。

急に呼び出したが、三枝は特に文句は言わなかった。逆に、何か分かったのかと開口一番に問いただしてくる。

……彼は真剣だ。絵本の内容を思い出そうと言い合った日からずっと、彼はそのことを考えている。

その気持ちは亘も負けていない。ただ明らかになった事実はそれ以上に亘を混乱させていた。

「三枝、旧姓は『朔真』だよな？」

「は？　お前、どこでそれを」

ペア制度の三ツ谷の話をざっと伝える。小学校で一年上の少女のことなど忘れているだろうかと思ったが、意外にも三枝はすぐにピンときたようだった。

昔はよく遊んでいた、と言った三ツ谷の話は正しかったのだ。父が他界する前、両親に守られ、のびのびと成長していた少年にとって、その頃の思い出は大切に記憶されている。

「お父さんは月暈高校出身で、在校時代は天文部だった。……それもあってるか？」

「ここ出身なのは間違いねえが、何部だったのかは聞いてねえ」

「でも星には詳しかった。三枝も」

「……まあ。よく天体観測に行ったな」

それがどうした、と問う三枝に亘は天文部から持ってきた部誌を差し出した。卒業式の日に書かれたページを指し示すと、彼も大きく目を見開く。

「三枝のお父さん生きてたら何歳だった？」

「四十四。お前のところは」

「四十五歳。一歳違いだし、父さんも月暈高校出身だし、多分そういうことなんだ」

亘も父が生徒会長を務めていたとは聞いたことがない。

ただそんなものだろう。息子に自分の半生を語る際、それはさほど重要ではなかったということだ。

月暈高校での生活が楽しかったことだけ、父は亘に繰り返し語り聞かせた。亘に受験と引っ越しを決意させるほど、父の話はまばゆかった。

「ずっと違和感があったんだ。でも、何が引っかかってるのか分からなかった。その謎が解けた気がする」

「待て待て、冴島、お前何言ってんだ」

「絵本だよ！」

「はあ？」

困惑する三枝を前に、亘は抑えた息を吐いた。まだ考えはまとまっていないが、それでもこれは正しいのだと本能が告げている。

月暈町に存在する公園が舞台になっている絵本。

いくらネットで検索しても見つからない絵本。

そして月暈高校に伝統的に伝わるペア制度というシステム。

「あの絵本は父さんたちが作ったんだ」

「あ？　いや、待てよ。そんなことあるはずが……」

「この学校、ペアでいろんなことを行うだろ。勉強会だの、学校周辺の散策だの、体育祭でのはちまき譲渡(じょうと)だの。……その中に『周囲の保育園に贈るおもちゃ製作』もあった。父さんたちはその時、絵本を作ったんじゃないか？」

「そんな簡単に作れるものじゃねえだろ」

三枝の反論はどこか「悪あがき」のような響きを持っていた。

亘も同じ気持ちだ。認めたくないのではなく、自分の知らない父親の一面を突然見せられ、動揺している。

「親父は絵が下手だった。小説を書くタイプでもねえしよ」

「俺も父さんが絵を描いてる姿は覚えてない。……でも、それは俺が知らなかっただけなのかもしれない」

一生の中で好きなことをずっと好きでいられることは幸福だ。昔からずっと絵を描くことが好きでそれを職にする者も、そうでなくとも日々の生活の中で絵を描き続けている者も。

ただ同じくらい、趣味が変わる者も大勢いる。何か夢が破れるような大きなショックがなくとも、人は環境や自身の心境によって変化しながら生きていく。

「昔、保育園で絵を描いたら褒めてくれた記憶がある。色使いや構図をやたら具体的に褒められて……あの時はただうれしいとしか思わなかったが、父さんも絵が好きだったのかもしれない」

「親父の部誌によれば、部員集めのビラにはお前の親父がイラストを描いてんな」

「そうみたいだ」

プロを志すほどの気概はなくとも、ペア制度で子供用の何かを作るとなった時に絵本製作を思いつく……。その程度には亘の父はイラストが、三枝の父は文章が好きだったのかもしれない。

「認めよう、三枝。多分、これは正解だ」

「…………」

「俺たちの父親は絵本を作った。その時、記念として、自分たちの分も作ってたんだ」

「三冊も手書きしたって言うのかよ」

「いや、原稿さえあれば、印刷所で絵本にしてもらえる」

三十年ほど前となると相当割高だろうが、絵本の形で同人誌を刷ることは可能なはずだ。その方法で数冊分だけ作ったのだとしたら、ネットでいくら探しても見つかるわけがない。古書店や児童館に置いてなかったのも納得だ。

「父さん、高校卒業後に東北の大学に行ったんだ。そこで母さんと結婚して、俺が生まれてからはずっと向こうにいた」

「俺は、ずっとこっちにいたが」

「この前泊まらせてもらった時、家にいたのは……」

「お袋の再婚相手だ。三枝衛」

戸籍上の父親だ、と言い添えた三枝の声音は冷めている。薄く笑い、彼は緩慢な仕草で夕焼け空を見上げた。

「親父も、お袋も……三枝衛も月暈の生徒だった。高校時代、三枝は生徒会の役員をしたって言ってたから、もしかしたらお前の親父と絡んでたのかもな。その時から三枝はお袋に惚れてたんだろ。十年前、親父が死んだ後でプロポーズして……お袋はそれを受けた」

「……それ、相当エグくないか」

「だろ」

　面白くもなさそうな顔で三枝は唇をゆがめた。

「再婚と同時に俺たちは三枝の家に引っ越すことになって、親父の私物は全部捨てられた。それを置いておくスペースはねえって言われたら、お袋は逆らえなかっただろ。ただでさえ経済的な理由で買われたようなもんだしよ」

「それは……」

「何もねえんだ。あの家に、親父のものは」

「だから実のお父さんが残してくれた『宝』を見つけたかったんだな、三枝は……あ、えっと」

　事情を聞く限り、三枝にとって、その名字は歓迎したいものではないはずだ。少なくとも亘が三枝の立場なら、引っかかりを覚えるだろう。

「別に『三枝』でいい。十年間、呼ばれてんだから、いい加減慣れるわ」

ためらった亘の考えを正確に読んだのか、三枝は気にするなと言うように片手を振った。

「でも名前で呼びたい。いいかな」

「好きにしろ」

「俺のことも亘でいいぞ」

「冗談だろ」

父親同士がペア制度でタッグを組んでいたからといって、息子同士に連帯感が生まれるわけではないらしい。

そんな突き放しかたも三枝……改め致留らしく、亘は思わず苦笑した。

だがこれが自分たちらしいとも思う。

クラスも部活も委員会も違い、同級生ゆえペア相手でもない。互いの目的のために話すようになっただけの間柄だ。

それでもこうして知り合った。絵本の内容を思い出すために手を組んだ。

ならば最後まで走らなければ。

「致留、ペア制度でどの保育園と提携しているのかを調べてみよう。もしかしたら現物がまだ残ってるかも」

「本気か？　三十年近く前の話だぞ」

「確かめないよりはマシだろ。……あと、家のほうも探してみる。こっちに引っ越してくる時、荷物は最小限にしたから、昔の絵本なんかは絶対捨てたと思ってたんだけど……」

既製品ならともかく、父が作った絵本ならば話は別だ。父が作り、息子が大好きだった絵本なら、どれだけボロボロになっていたとしても母は残しているかもしれない。

「致留のほうは？」

「ぜってえねえな。どの保育園と提携してるかは俺も探す。上の学年に聞けば、すぐ分かるだろ」

「でもお前、ペア制度の相手も知らないっていってなかったか」

「そんなこと言ってられるかよ。とっ捕まえて話してくる」

致留も迷いはないようだった。

ようやく手がかりらしきものが見つかったのだ。この先で道が途切れていないことを祈りつつ、亘たちは手早く作戦を組み立てた。

9

それぞれの想い

カタンコトン、バラララ、と窓の外で絶え間なく物音がしていた。

分厚い遮光カーテンを閉めていても、湿度が増したことが分かる。梅雨真っ盛りの今、底冷えする冷気が部屋に染み入ってくる。半袖Tシャツ一枚だけでは心許なく、薄手の上着を羽織りながら、亘は室内を見回した。

夕食後のダイニングキッチンは綺麗に片付いている。だが引っ越してきた当初のような閑散とした気配は感じない。必要なものをそろえた上で、それがあるべき場所に収まっているがゆえの綺麗さだ。

ようやくこの家にも慣れてきた。

ふとそんな実感が胸の奥に湧いた。

「亘、さっきから何をしているの」

ダイニングキッチンの物音をいぶかったのか、自室から母が出てきた。

今日、木曜日は母の夜勤日だ。二十二時から明け方までが勤務時間なので、普段は夕食後に仮眠をとっているのだが。

「ごめん、起こしちゃった？」

「そうじゃないわ。……こういう日はちょっとね」

「うん」

父、冴島俊馬が事故に遭ったのは三年前の秋だった。季節こそ半年ズレているが、今日のようにしとしとと雨が降りしきる中、バイクで事故に遭ったのだ。スピードを出しているわけでもなく、ヘルメットをかぶっていなかったわけでもない。交通ルールに則った運転をしていたのに、周囲の安全確認を怠った大型車と接触し、撥ね飛ばされて即死した。

病院に駆けつけた時の「非現実さ」を今でも亘は覚えている。ベッドに寝かされた父は身体のあちこちに擦り傷や骨折こそあったものの、重傷には見えなかった。今にもベッドから起き上がり、『いやあ、びっくりした。じゃあ帰ろうか』と立ち上がりそうだと思ったものだ。

それを願った。早く起きてくれと必死で祈った。父の身体にすがりつき、見たこともないほど取り乱した母を見ながら、亘はどんどん現実感が遠のいていった。

足下がおぼつかなくなり、スウッと自分の目で見ているはずの視界が遠くなり、自分も後ろに引っ張られていく感覚。

母に寄り添わなくては、と考えたり、父の着替えが必要だろうか、と場違いなことを思ったり、とにかくあれこれ考えていたことは覚えている。

今なら分かる。あれは必死で「父の死」から目をそらしていたのだと。

あの時の感覚は今でもとても身近なものだ。こうして安定した生活を送りながらも、亘は常に少しだけ緊張している。普通の生活をしなければ、と毎日毎日、自分に言い聞かせながら暮らしている。

母の夜勤時はその「普通」がどうしても崩れる。それが不眠の原因なのかもしれない。

「最近、なんだか落ち着かないわね。学校で何かあった？」

「ううん、毎日楽しいよ。そうじゃなくて……父さんの私物が残ってるかなと思って」

「捨てたわよ、全部」

「………」

切り捨てるように即答される。

いつものことだ。なんてことのない口ぶりだが、部屋の空気が張り詰める。これ以上踏み込めば、必死で築き上げた「平穏」が崩れてしまうというほどに。

普段ならば亘は引き下がる。空気を読み、「分かった」と笑ってこの話を終わらせる。

(でももう三日だ)

致留(いたる)と自分の父が月暈(つきがさ)高校のペア制度で組んでいたこと。

もしかしたら自分たちの探している絵本は彼らが作ったものなのかもしれないこと。

その仮説に従って家の中を探したが、一向に絵本は見つからない。他に探していないのは母の私室だけだ。いくら家族とはいえ、その一線は踏み越えてはいけないと分かっているため、近づかなかった。

「……絵本を、探してるんだ」

散々迷った末、亘は母に言った。石のように表情を変えない母に内心ひるみながらも言葉を紡ぐ。

「俺が小学校に入る前に父さんが読んでくれた絵本……あれが読みたくて」

「子供用の絵本なんて、もう何年も前に捨ててるわ。以前の家にいる時に、とっくに」

「既製品じゃないかもしれなくて。……父さんが作った絵本なら捨てないよね？　どこかに保管してないかな。開けてない段ボール箱があるなら俺が」

「ないわ。どこにも」

「母さん……！」

「なんなの、亘。ないって言ってるのに疑うの？」

苛立たしげに名を呼ばれた。

（説明は、できない）

うなだれる亘を一瞥し、母は大きなため息をついた。

「そろそろ準備しなくちゃ。寝る前に戸締まり確認はお願いね。夜更かししちゃダメよ」

「うん」

私室に入る母の背中を見送り、亘は大きく息を吐いた。短い会話を交わしただけなのに、思った以上に疲労を感じた。背中にかいた汗が梅雨の冷気に晒され、じっとりと冷えていく。

親子だというのに、なぜこんなにも緊張するのか。

(多分)

してはいけない会話があるせいだ。

父が他界し、母は自分が息子をしっかりと育て上げると誓った。そしてこの三年間、仕事も家事も一手に引き受けている。

仕事はともかく、家事は誰かに引き継げる。亘もやりたいと思っている。

ただその提案は母の中で「自分が頼りないせいだ」と変換されてしまうのだ。

ゆえに亘にできることは一人で長い夜を耐えている間、不自然にならない範囲で掃除をしたり、冷蔵庫の中をチェックしては賞味期限の危うそうなものをこっそり手前に出しておいたり、といった細々したことに限られる。

そして何より、父の不在を悲しむことは御法度だ。母も自分も、心に開いた穴の存在に触れず、当たり障りのない会話を交わす。楽しい出来事のみを共有し、充実した生活を演出する。それしかできない。

母は疲労を亘に見せられず、亘は不眠を打ち明けられない。

夜更かししちゃダメよ、という母の言葉が脳内をぐるぐると回っている。

母の言いつけを守れない自分がとんでもない不良になった気がした。

＊　＊　＊

――月暈高校がペア制度の一環として、おもちゃを贈る保育園や幼稚園を突き止める。

それは思った以上に困難を極めた。

ペア制度が形骸化して、早十数年。今では生徒たちの熱意もなく、去年、そのイベントに参加したのはたったの二十組だったという。約二百五十組のうち、一割にも満たない上、知り合いでもない上級生に声をかけていくのは難しい。

天文部の二、三年生四人と三ツ谷しか知り合いのいない亘はあっという間に手詰まりに陥った。

「ダメだ～、悪い！　サッカー部は全滅」

六月下旬の月曜日、登校するなり更荷が申し訳なさそうに両手を顔の前で合わせた。平謝りの姿勢を前に、亘のほうが慌てる。

「いや、協力してもらえてるだけでありがたい。聞いてくれて助かった」

「人数多いからすぐ見つかると思ったんだけどな。二、三年全員、『そんなのあったっけ？』みたいなテンションだったわ」

「まあ、大会や試合で忙しいだろうしな」

子供用のおもちゃを作るようなイベントに参加するのは、時間と意欲のある生徒だけだろう。サッカー部を筆頭に、運動部の部員はその存在も知らない者が多いようだ。だからといって、天文部の部員や三ツ谷のように元々ペア制度に興味のない者もいる。

「前園センパイは去年、永盛（ながもり）っていうセンパイと組んでたらしいけど、一学期中にはもう、あんまり話さなくなってたらしいわ。当然おもちゃ作りも不参加で」

更荷は新作のクッキーを机上（きじょう）で広げながら言った。一センチはあろうかという厚みで、芳醇（ほうじゅん）なバターの香りが立ちのぼる。相変わらずの腕前に、一口かじった亘はじんわりと幸せを噛（か）みしめた。

その反応を嬉しそうに見ながら、更荷は言う。

「それでも前園センパイ、結構興味持ってたぜ。『冴島がそれ、知りたがってんの？　いつまでに分かればいいわけ？』って聞かれた」

「え……」

友人の告白を断ったことでぎこちなくなっていた更荷と前園はその後、また話ができる関係に戻っていた。ほんのわずか、間に入った亘もホッとする。

「意外と義理堅いよな、あの人。ダチに聞いてみるって言ってくれたし、期待できるかもよ」

「ああ、ありがたい」

「あと……まあ、これは最終手段だろうけど」

「うん？」

「ペア制度の責任者になってる教師に聞けば？　ってサッカー部のセンパイに言われたわけよ。まあ、確かにそれが一番いいんだろうけど、一番難易度が高いだろって話で」

「ペア制度の責任者って……」

「鹿江(かのえ)だよ」

「……確かにそれは不可能に近いな」

悪名高い体育教師の名前を出され、亘と更荷は同時に顔をしかめた。つい先ほどまで楽しんでいた濃厚なバターの味が、急に胃の中で重い存在感を示し始めた気がする。

毎朝、生徒の登校時に合わせて、正門に立っているところといい、校則に厳しいところといい、鹿江はある意味教育熱心な教師だ。

だがその熱心さがまるで生徒に伝わっていない。

彼を理解しようと試みる生徒もいたが、自分本位な正義と理念を押しつける鹿江にさじを投げ、距離を置く結果になっていた。

（でももう他に手はないし……）

八方塞がりの今、亘は改めて重くため息をついた。


「ダメだ、ダメだ、誰だろうと特別扱いはしない！」

昼休み、職員室に向かった亘を待っていたのは、配慮のない鹿江の怒声だった。職員室中に響く大声に、何事かと教師たちが振り返る。「特別扱いを交渉しに来た一年生」という目で見られ、亘は天井を仰ぎたくなった。差し迫った事情がなければ、速攻できびすを返していただろう。

「そういうことじゃないんです。ただおもちゃを寄贈する保育園を知りたいだけで……」

「聞いてどうする⁉　不正をする気だろう！」

「何ができるっていうんですか」

「直接保育園に出向いて、どんなおもちゃが足りないのかを聞き出せば、寄贈した時に誰よりも喜ばれるだろう？」

「それ、悪いことなんですか？」

思わず亘は問い返した。

高校生が保育園に殺到して保育士の業務を妨げることはダメだ、といわれるならばまだ分かる。園の周りを部外者がうろつくと、園児や保護者を怖がらせるという理由でも納得した。

　だが鹿江の言い分は理解ができない。園児が欲している贈り物を作ることは、よいことではないのだろうか。

「ペア制度は毎年、成績を張り出している。おもちゃの寄贈で高得点をたたき出せば、一気に上位に上がることができるからな」

「成績なんて付けられているんですか？」

「内申には関係しねえが、あるらしいぜ」

　その時、亘の背後で呆れ気味の声がした。

　振り返ると、見慣れた男が立っている。

「致留」

「声、でかすぎだろ。優等生が叱られてるって廊下がざわついてる」

　面白そうに言いながらも、致留は威嚇するようにぐるりと廊下を見回した。その眼光に怯えたのか、蜘蛛の子を散らすように生徒たちが逃げていく。

「助かった。しばらくは噂されそうだけど」

「連中はすぐ忘れるさ」

「経験者の言うことは重みがあるな」

芝居がかった仕草で肩をすくめると、即座に背後から致留の腕が首に絡みついてきた。きつく締められたわけではないが、それでも首に何かが巻き付く感触は落ち着かない。慌てて逃げ出し、亘はきつく致留をにらんだ。

「そ、そもそも何しに来たんだ！」

「そっちの教室に言ったら、お前がここに向かったたって」

「何か分かったのか？」

「ペア制度の成績について、お袋に聞いてきた」

以前、致留は両親も義父も月暈高校出身だと言っていた。今では熱心に取り組む者がいないペア制度の、三十年前の話を聞いたのか。

「ペア制度で勉強会を開いて、後輩が学年で上位に食い込めば加点。先輩が作ったはちまきを締めて体育祭に挑み、後輩が入賞すれば加点。そもそも先輩が勉強を教えれば加点、はちまきを作ったら加点……って具合に、いろんな局面で加点されたらしいぜ。その結果が一覧にして張り出され、トップだと賞状だの景品だのが出たってよ」

「景品って結構いいものなのか？」

「いや、ガラス製のトロフィーと図書カード」

「トロフィー……ああ、それ、見た気がする。王冠みたいなのが上についてなかったか？」

「カップじゃなかったか？　両手で持てる」

「言われてみれば、そっちだった気も……」

記憶を探りながら顔を見合わせ、亘と致留は同時に肩をすくめた。四月に初めて公園で出会った時のことが蘇る。あの時もおぼろげな記憶を二人でかき集め、ああでもないこうでもないと話し合ったものだ。その中で少しずつ記憶がはっきりしていき……絵本の内容を思い出す挑戦が始まった。

（進んでるのかは分からないけど……）

全く進展がないとは思わない。

何よりもこうして、彼と話せる間柄になった。

「今、家中探しているけど、トロフィーはなかったな。引っ越しした時に捨てられたのかも……って、鹿江先生？」

強烈な視線を感じ、亘は鹿江の存在を思い出した。致留が現れてから一言も口を挟まなかったので忘れかけていたが、彼は目を丸くして亘たちを交互に見ている。

「どうかしましたか」

「いや……お前たち、その」

モゴモゴと口ごもる鹿江に思わずため息がこぼれた。

……一方的な思い込みで、生徒をカテゴライズしないでほしい。

こういう人間だと決めつけられることを、鹿江自身も学生の頃は嫌っていたのではないのだろうか。

「いや……まあ仲がよくなったなら何よりだ」

「最初から仲違いなんてしていませんけど」

「そ、それは置いといて……なんでトロフィーのことを知ってるんだ？」

「それは」

再び致留と顔を見合わせたが、今度はどちらも口を開かなかった。これ以上鹿江と対話しても無駄だと視線で話し合う。

適当に挨拶し、亘たちは職員室から離れた。

やはり無駄足だったな、と挑戦を試みた自分に呆れた時だ。

「おや君たち、こんにちは」

のんびりと廊下の角を曲がり、副校長の保土池が現れた。年の功というべきか、彼は明らかにタイプの違う亘と致留が一緒にいても何も言わない。それどころか、何かを言いたげに笑みを深め、何度も頷いた。

「昼休みは……うん、もう少しあるね。よかったら二人とも、ちょっとおいで」

副校長室は学校という教育施設にありつつ、まるで企業の応接室のようだった。華美な飾りや調度品はないが、向かい合った長ソファーや重厚なテーブルは質の良さが伝わってくる。壁沿いに置かれたガラス戸付きの棚にはずらりとファイルや資料が並び、部屋の隅には大きな観葉植物が置かれている。

「おい」

致留が軽く亘の肩を小突く。視線の先を追うと、戸棚の一箇所に同じ形のトロフィーがずらりと並んでいた。片手に収まるサイズの、ガラス製のトロフィーだ。頂点には「盃」のオブジェがついている。

亘が思い出した「王冠」とも、致留の言った「取っ手付きのカップ」とも違う。どちらも少しずつ記憶違いをしていたようだ。

「水晶型にするとか、教科書の形にするとか、色々と意見はあがったんだけどね」

亘たちをソファーに誘導し、保土池はニコニコと笑った。

「もう三十年以上昔になるかな。部内での厳しい指導やいきすぎた上下関係が生んだ騒動が問題になって、当時の生徒会がペア制度の設立を提案したんだ。あの頃、僕は数学を担当していたんだけど、そういう案が生徒たちからあがるのは頼もしいなあと思ってね」

「そうだったんですね」

保土池がなぜこんな話をするのかも分からないまま、亘は相槌を打った。話を円滑に進めるのは亘の仕事だと言いたげに、致留は口を挟みもしない。

「当時、一年生で生徒会の書記をしていた男子生徒が企画書を作ったと後になって知ったよ。真面目で大人しそうな見た目だったけれど、バイタリティーがすごかったから僕は今でも覚えてる。……冴島俊馬くんと言ったかな」

「それ……！」

「今年の入学試験でもっとも高得点を取った生徒の名字を見た時、もしかして、と思ったけど、実際に会って確信したよ。君は冴島くんの息子だね」

「……はい」

「冴島俊馬くんが二年生になった時、最初のペア制度が始まった……。彼の相棒になった後輩の男の子がまた、面白い子だったねえ。大柄で声が大きくて、リーダーシップがあって、星が好きで……。二人はあっという間に仲良くなった」

「朔真……晋太郎」

ぼそりと致留が言った。なぜ分かったのかと首をかしげる保土池に、亘が後を引き継いだ。

「致留のお父さんなんです。俺たちもつい最近知りました」

「なるほど……そうか。なるほど、そう……」

何度も頷き、保土池の声がわずかに震える。亘たちには全く分からないが、彼には彼の過去がある。一介（いっかい）の数学教師と学生の間にも、何かかけがえのない出来事があったのだろう。

「俺たち、父たちがペア制度の一環で保育園に贈ったおもちゃを探してるんです。絵本だったんじゃないかと思うんですが、心当たりは……」

「ああ……うん、覚えてる。そうだったね。絵本だった。この月暈町を舞台にした、夜の公園の物語」

「やっぱり！」

「最初は一冊だけ、提携している保育園に贈ったのだけど、人気すぎて取り合いになってしまったそうでね。すごく出来がよかったから、何冊か複製を作りたいと言われたんだ。全部で三十冊くらい作ったかな。冴島くんたちも一冊ずつ持っていったし、他の保育園にも配られたと思う」

「それを探してるんです！」

学校にも一部保管していたら、と期待したが、それはあえなく首を振られた。学校は全生徒に平等であるべきだ。いくら出来がいいからといって、特定の生徒の作品だけを保管するわけにはいかない、と。

それは亘も納得できた。むしろそこで誰かを特別扱いする高校でなくてよかったとも思う。

「配った保育園もこの三十年間で廃業したり、統廃合したりしたからね……。それに幼児用の絵本は壊れやすい。ただでさえ脆い紙を大勢の子供が扱うわけだから、多分もう残っていないと思うな」

「そうですか……」

「おもちゃを贈っているのはつきがさ保育園というところだよ。何回か園長先生は替わったし、三十年前の責任者は一昨年亡くなられてしまったけれど、月暈高校とはずっと交流があってね」

鹿江と違い、保土池は保育園の名前をすんなりと教えてくれた。亘たちが悪意を持って調べているわけではないと分かってくれたのだろう。

三十年前を覚えている人がいないのならば、絵本が残っている確率は絶望的だ。

それでも亘は住所を生徒手帳に控えた。

致留と顔を見合わせ、同時に席を立つ。挨拶を交わして出ていく時、保土池がぽつりと声をかけた。

「鹿江先生は熱心なかたなんだ。悪く思わないでやってね」

「……ええ、まあ」

「始まってから二十年くらい、ペア制度はこの高校の目玉と呼べるほど生徒に浸透していたんだよ。それこそ冴島朔真ペアのように一生ものの友情を育んだ生徒は何人もいたし、中には結婚した子たちもいた」

「それ、本当の話だったんですね」

「一年間、助け合って高校生活を送るし、その結果で順位がつくからね。頑張った結果が目に見える形で校内に貼り出されるし、一位になればトロフィーという記念ももらえるから、上位ペアにはいい思い出になるだろう？」

「確かに」

「鹿江先生もその一人だ。当時、ペア相手だった女生徒と結婚し、今でもとても仲がいい。……知っているかい？　学生時代の鹿江先生はとても荒れていて、私は二度も注意したんだよ」

「……それって」

保土池副校長は「仏の顔も三度まで」の異名を持つと以前、更荷に聞かされた。昔二度まで注意された生徒がいたという話だったが、それが鹿江のことだったとは。

「当時の彼は非常にやんちゃな生徒だったけれど、ペア相手の先輩がとても親身になって接してくれてね。私たち教師ではできなかったことをしてくれた。……そして彼はかけがえのない人生のパートナーを得て、この学校に戻ってきてくれたんだ」

「…………」

「嬉しかったね。君たちのご両親も、鹿江先生も……この学校で、生徒が楽しく過ごしてくれることが教師にとっては一番嬉しい」

保土池は亘たちに、にこりと笑った。

何か困ったことが起きたらいつでも相談しにおいで、と心強い一言を添えて。

「なんか意外な話が聞けたな」

副校長室を出て、亘はぽつりと呟いた。

致留も同じことを考えていたようだ。

「ちょっと鹿江先生に対する見方が変わったかも」

「悪気がねえからって、こっちが譲歩する義理はねえが」

率直な致留の感想に、亘は思わず噴き出した。確かにその通りだ、と頷く。

「結局、俺たちが知りたいことは何も分からなかったしな。でも一応、つきがさ保育園には行ってみよう。致留はいつなら空いてる？」

「いつでも」

「じゃあ今日の放課後で」

素早く約束を交わした時、昼休み終了を告げるチャイムが鳴った。

＊　＊　＊

「甘かった……」

一週間後、なじみの公園のベンチで亘はぐったりとうなだれた。

七月に入り、日照時間は徐々に長くなっている。梅雨明けはまだだが、気温が上がるにつれて底冷えする冷気は遠のき、夏の気配がし始めた。

保土池副校長に提携する保育園の名を聞いた時は、事態が動くことを期待したのだ。

だがそんな思いを裏切り、つきがさ保育園にくだんの絵本は残っていなかった。元気いっぱいの園児にとって、絵本は消耗品だ。おそらく贈った数年後にはバラバラになり、廃棄されていると思う、と代替わりした園長に言われてしまった。

ベテランの保育士も勤務していたが、園児の名前は全員覚えていても、絵本までは記憶にないと申し訳なさそうに頭を下げられた。

亘も彼らを責められない。父が作ったと知っているならともかく、知らなければそれはただ、「子供の頃、大好きだった絵本」だ。

亘自身、毎日父に読み聞かせてもらっていたのに、小学校にあがる頃には他のことに目が向き、存在すら忘れていた。月暈町に引っ越してきて、舞台となった公園を見つけなければ……そしてそこで絵本を探す致留と出会わなければ、一生思い出さなかったかもしれない。

「他の保育園も回るか」

　隣で致留が言った。

「そうするしかないよな。といっても三十年前から続いている保育園や幼稚園自体、ほとんどないけど」

　育児に力を入れている月暈町でもこの有様だ。その調査に一週間を費やしたが、現存している保育園や幼稚園の中で、三十年前から続いているところは十箇所にも満たない。続いていたとしても代替わりを繰り返し、当時を覚えている園長や保育士は皆無だった。

「一番可能性が高そうなのはほたる保育園で、ここは更荷が通ってた。でも例の絵本を見た記憶はないって」

「まあ、そうなるよな」

　園が残っていても、三十年前の絵本はとっくの昔になくなっている。それもまた予想していたことだが、いちいち落胆してしまう。

「一応、残りの数箇所に聞いてみよう。半分ずつでいいか？」

「ああ」

「他に調べるところといったら……印刷所とか？」

「印刷所って、絵本を刷ったところのことか？」

「当時の原稿なんて絶対残ってないと思うけど、念のため月暈町の印刷所をしらみつぶしに当たってみよう。後は……」

「……絞り出しても、もうそのくらいしか思いつかねえってことだな」

「致留？」

「……だったら、もう『アレ』しかねえだろ」

突然、致留がきびすを返した。一応ひらりと肩越しに手を一度振られたが、何かを言い残すわけではない。

ただ立ち去る致留の背中に決意のようなものを感じた。

（……本当は）

本当は亘も分かっていた。

保育園や印刷所を調べても、絵本が見つかる確率はほとんどないと。

分かっていてなお、それしか方法がないと自分自身に言い聞かせていた。保育園を探し回るよりはまだ可能性が高いことが頭に浮かんでいたのに、それを必死で避けていた。

「俺も、やらなきゃダメか」

見送った亘は大きく息を吐き出した。

ドクドクと緊張で心臓が跳ねる。ドッと背中に汗がにじんだ。


その夜、亘は意を決して母に声をかけた。

「聞きたいことが、あって」

「何?」

今日は母が夜勤の日だ。仮眠をとる母が少し早めに起きたのはただの偶然だろうか。

キッチンに立ったまま、彼女は振り向かない。

そういえば、もうずっと長い間、母と目が合っていないなと亘は今更のように気づいた。

亘も母も、相手のことを見ていないわけではない。

母が何かをしている時、亘は母を見る。

亘もまた、横顔や後頭部に母の視線を感じることがあった。

ただ相手の瞳に映るものを直視することを恐れるように、二人はまっすぐに向かい合うことを避けていた。

(悲しんでるに決まってるから)

父がいなくなり、現実に打ちのめされている母を見たくなかった。

きっと母も同じだろう。自分たちは共に「もう克服したのだ」というポーズを取りながら、自分自身を取り繕(つくろ)って生きてきた。まず傷の深さを確認しなければ、適切な治療はできないというのに。

「その、一度聞いたけど……」

「何よ」

「父さんの私物、本当に残ってないのかな」

ピリッと母の空気が張り詰めた。無性に逃げ出しそうになる足を奮(ふる)い立たせ、流しに立つ母の顔を見つめる。

「私物っていうか、その中に絵本があるかどうかを確かめたくて」

「言ったでしょう。そういうものは全部処分したって」

「本当に？」

なおも食い下がる亘に、母は苛立(いらだ)ったようだった。眉間(みけん)にしわが刻まれる。

「…………」

心臓が爆発しそうだった。

こんな会話は普通のことだ。親と子供であるならば、誰でも自然に行っている。

だが亘にとっては、そうではない。思い返せば小学生の頃は当たり前のように口答えをしたり、わがままを言ったり、反抗的な物言いもしていたが、中学一年生の頃からは一切言わなくなった。

父が亡くなり、家計を一手に担(にな)う母を困らせてはいけない、負担をかけてはいけないと子供心にずっと気を張り詰めていた。

本当は亘も気づいている。

なぜ母が夜勤に出る日だけ、眠れないのか。

家に一人だけ残っていることが不安だからだ。同時に、この家を守らなければという意識が亘を駆り立てていた。

今、この家には自分しかいないのだから、自分がしっかりしなければ、と。

決して泥棒に侵入させない。近所で火事があったらいち早く気づく。地震も大雨も不審火も、この家で何かがあれば、自分が対処しなければならないと自分自身に言い聞かせていた。

母が、なんでも一人で背負うからだ。その姿を見て、亘も真似（まね）していた。

……だがもう三年経った。

そろそろこの生活はほころびつつある。二人きりの家族なのに互いに支え合うこともできず、空元気（からげんき）を絞り出すのは限界だ。

「昔、大好きだった絵本があったんだ。夜眠れない子供が家を抜け出して公園に遊びに行ったら、遊具がお菓子になってる絵本。母さんも覚えてないかな。俺、いつも父さんにそれを読んでもらってた」

「……そうだったかしらね」

「ずっと忘れてたんだけど、思い出したんだ。この街に、その絵本の舞台になった公園があって」

「舞台になった公園？」

　母が目を丸くして振り向いた。この街に来るのが初めての母は知らなかったのだ。

「そう。遊具とか、その配置とかがそっくりなんだ。それを言ったら、お菓子作りが得意な友達が再現してくれた。前に持ち帰ったのを覚えてない？　母さんはチョコケーキを気に入ってた。……これが完成品。すごいよね」

　亘はスマホを手に、母に何枚もの写真を見せた。

　更荷の作ってくれたお菓子の箱庭だ。しっとりとしたバームクーヘンの椅子や、ふかふかのマフィンのテーブル。そして数々のお菓子の遊具が映っている。

　そして仏頂面をしつつも、亘と共にお菓子に魅入る致留の顔も。

「この子は？」

「友達……。口調は荒いし、人にすぐ命令するし、金髪だったし、しょっちゅう喧嘩してたけど」

　友人のことを母に説明する時、亘はいつも「よい面」だけを伝えるようにしていた。

……面倒見のいい奴、明るい奴、勉強ができる奴、スポーツがうまい奴。

話を聞いた母が安心するような言い回しを心がけ、友人たちの本質をねじ曲げていた。

今思うと、失礼極まりない。

　初めて友人のマイナス面も伝える際、少し緊張した。

　だが母は難色を示すのではなく、わずかに微笑んだ。初めて息子の友達の「顔」が分かって安心した、というように。

「お菓子を作ってくれたのは前にちょっと話したサッカー部の……明るくて、人望もあって、サッカーが得意で、誰にでも親切な奴。でも結構凝り性で、ノリで告白してきた女の先輩をすぐ振っちゃうような面もあって」

「ノリかどうかなんて、実際に付き合ってみないと分からないじゃない」

「告白ついでに持ってきたクッキーが失敗作だったから、更荷にとってはダメだったみたい」

「更荷くんっていうのね。……まあ、あんなにおいしいケーキを作る子なら、そうなのかもしれないわね」

母は画像フォルダに残したお菓子を見つめ、微笑んだ。以前食べたケーキの味が口の中に蘇ったように。

母はスクロールして次々と写真を見ていき……。

「あら」

わあ、とスマホから小さく音がこぼれ、亘は内心慌てた。自分と致留の動画だ。子供のようにはしゃぐ姿を母に見られるのは途方もなく恥ずかしい。

それでも母はその動画に見入っていた。一瞬、瞳の表面がゆらりと揺れた気がした。すぐに背中を向け、しばらくしてスマホを返してきた時はもう、普段通りの理知的な母に戻っていたが。

「すごいわね。絵本そっくり」

「あの絵本、父さんが作ったっていうのは知ってた？」

「……ええ」

　認めるのに少し時間がかかったが、母は頷いた。

「月暈高校にペア制度があって、組んだ後輩と一緒に作った、と聞いたわ。確か……朔真くん。東北出張の時なんかはいつも会いに来てくれたわね」

「母さんも会ったことがあったんだ。どんな人？」

「大柄で声が大きくて明るくて……お父さんとは正反対のタイプね。それでも朔真くんが来るとあの人は高校生の頃に戻ったみたいにはしゃいで、とても楽しそうだった。保育園に贈る絵本を作ったら、保育園の園長さんがとても気に入って、何冊か自費出版してくれたんだって……子供が生まれたら、読み聞かせたいって話してたわ」

「うん、大好きだった」

　亘は頷いた。

「偶然、舞台になった公園を見つけて、そこで致留と出会って、絵本の話を思い出して」

「致留くんってさっきの動画に映っていた子よね？」

「うん。しかも朔真さんの息子だったんだ。……朔真さんは十年前に病気で亡くなったそうで、それからは『三枝』だけど」

「そうだったわね。あの人がお葬式に行ったことを覚えてるわ。帰ってきてからも、落ち込みようがすごかった」

「俺たち、どっちもあの絵本を忘れられなくて……それで探すことにしたんだ。最初は既製品だと思い込んでたからずいぶん回り道したけど、やっと父さんたちが作った絵本だって分かって……それなら、父さんが作ったものなら、もしかしたら母さんが残してるかもしれないと思って」

「……あの人の、希望だったのよね」

「……？」

母は深く息をつき、キッチンを出た。そしてそのまま母の自室へ入っていく。

扉は閉めない。亘は扉のそばに立ち、初めて母の私室をのぞいた。

「……母さん」

三月に引っ越してから四ヶ月が経ったというのに、母の私室にはいくつもの段ボール箱が置かれたままだった。積み重なった箱は室内を圧迫し、存在感を放っている。

(俺には、荷ほどきをさっさと終わらせろって言ったのに)

荷ほどきされずにいた箱の中身がなんなのか、亘も分かる気がした。

それは母の「傷」だ。亘が眠れずに苦しんでいたように、母は段ボール箱を開けられないことを苦しんでいたに違いない。

「あの人が東北の大学に通うことにしたのは、そのタイミングでお父様の転勤があったからだったみたい。大学卒業後も向こうで就職もしたから、こっちに戻ってくるタイミングがなかなかなかったけど、亘が受験を考え始める段階になったら、月暈高校の話もしてみたいって言ってたわ」

「……うん」

「でも改めて打ち明けなくても、あれだけ楽しそうに高校時代の話をしてたら、そりゃ気になるわよね。亘が月暈高校を受験したいって言った時、ほら見なさいって思ったものよ。あの人、自分ではしっかりしてるつもりなのに、ちょっと抜けてるところがあったから」

「そうなの？」

「そういうところが好きだったんだけど」

母の口から初めて父への愛が語られ、亘は奇妙な感覚に囚われた。心臓が早鐘を打ち、呼吸が乱れる。

母と、父の話をする。

そんな他愛(たわい)ないことに、自分たちは三年間かかったのだ。

「何度も開けようとしたけど、無理だったのよね。おかしな話だけど」

べりべりと母は段ボール箱を封じていたテープを剝(は)がした。亘が見る限りは、平然と開封しているように見える。

ただテープを剝がし終えたところで、母は肩で息をしていた。途方もない大仕事を終えた時のように。

「変ね。こんなに簡単だったなら、もっと早くにできたはずなのに」

「今がそういうタイミングだった、のかも」

あたふたしながら言う亘に、母の背中が揺れた。笑ったような、泣いたような、どちらとも取れる動きだった。

箱の中に手を入れ、母は何かを手にして立ち上がった。そして扉のそばに立っていた亘に差し出す。

「これでしょ」

「……っ！　そう……そう、これ」

大判の絵本を受け取り、亘は震えた。

色あせ、埃がつき、固い表紙の端はくしゃくしゃになっていた。恐る恐る開くと、一ページ目からすでに黄ばみ、破れたところはテープで補強されている。

だが「あの」絵本だ。

幼い頃、毎日毎日父にせがんで読んでもらった絵本。

『よふかし町のおかしな公園』と手書きで書かれたタイトルの隅に、「冴島・朔真」と名前も書かれている。幼い亘には読めず、絵の一部として記憶の底に沈んでいたようだ。

今すぐ開きたい衝動に駆られたが、亘はすんでのところで思いとどまった。

これを探していたのは自分だけではない。ページを開くのは、今ではない。

「あの、母さん、あのえっと」

まとまらない考えをもどかしく思いながら、亘は言葉を紡いだ。

「ちょっと行きたいところがあって、母さんは夜勤で大変なのに勝手なこと言って、その、ダメだと思うんだけど、でも今日だけ」

「どこに行くの？」

「致留と……あ、致留もこれを探してて」

「いいわよ」

「いいの？」

許可が出た瞬間、ぽかんとしてしまった。思わず顔を上げると、母と目が合った。いともたやすく、あっさりと。

ふっと母が噴き出した。心の底から面白そうに。

「何を今更。六月にも会っていたんでしょう？」

「あ……っ」

天文部の合宿だと嘘をつき、致留と公園で落ち合った日のことだ。天体観測するのだという亘の嘘を、母は信じているのだと思っていた。

「満月の夜に星が見えにくいことくらい、母さんも分かるわよ。一応薬剤師なのよ」

薬と天体に関連がある、といいたいわけではない。

母は理系の大学を出て、国家資格を取得し、論理的な思考回路と豊富な知識を蓄えてきた、ということだ。分からないことがあれば調べ、違和感があれば、それに疑問を持つことで知識を吸収してきた。

まだ十六年しか生きていない亘では足下にも及ばない。……なぜそんなことにも気づかなかったのだろう。

（顔から火が出そうだ）

今までどれだけ自分のことで手一杯だったのかを思い知らされる。

「高校生だもの、夜更かしくらいするわよね。でも相手のご迷惑になっちゃダメよ。何かあったらすぐ連絡しなさい」

「わ、分かった」

「行ってらっしゃい」

いつもと逆だ。

普段は亘が母を見送るが、今日だけは送り出される。

未だに混乱しながらも、とにかく力強く返事をし……亘は家を飛び出した。

10 宝箱の中には

真っ黒な空に卵の黄身のような満月がぽっかりと浮かんでいた。雲がないため、輪郭（りんかく）までもくっきりしている。

まるで絵本に描かれたイラストのようだ。一瞬、現実感が遠のく。更荷（さらに）が作ったお菓子の公園を見た時と同様に、自分が絵本の中に入り込んだ錯覚（さっかく）に陥（おちい）った。

しかしそんな感覚をつなぎ止めるように、初夏の夜特有の風が吹いた。からりとしていて、心地よい冷涼感を含んだ風が。

『絵本を見つけた』

メッセージを送り、小走りで夜の住宅地を駆ける。中学時代、無茶な練習で膝を痛めたが、普通に走る分には支障がない。肉体を痛めつけるような無茶をしなければ、今でも全力疾走できただろうに。

（今更か……）

回り道をしなければ気づかないものはある。亘（わたる）にとって、中学時代の行動がそれだった。

『まずい』

その時、短文で返信が来た。

意味が分からず、問い返すと、焦ったように連続してメッセージが送られてくる。

『家に来い』

『引きつけろ』

『早く』

命令形のメッセージが本人の声で脳内にて再生される。

意味が分からないと呆れる気持ちはあったが、「彼」がここまで焦るとは相当のことだ。

亘は電車に飛び乗り、目的地へと急いだ。

月暈高校前駅で下車し、一度通った道を走る。目当ての家はこの時も、煌々と明かりが灯っていた。

時計を見ると、二十時を回ったところだ。突然押しかけるにはかなり非常識な時間帯といえる。

「そもそも引きつけろってなんのことだよ……って、まさか」

脳裏にとある仮説が閃く。それが正しいかどうかは分からないが、先ほど三つのメッセージが届いた後、亘のスマホは沈黙している。相手はメッセージを送れない状況下にいる可能性が高い。

（間違ってたら完全に不審者だけど……！）

意を決し、亘は三枝家のインターホンを押した。


「やはりそうだったんだね」

亘を応接間に招き、三枝衛は相好を崩した。亘のことを覚えていてくれたようだ。

以前、致留につれられて深夜に押しかけた時はトゲのある冷徹さを感じたが、今はむしろ逆だ。穏やかで理知的な大人の男性に出迎えられ、亘は恐縮して何度も頭を下げた。

心臓は早鐘を打ち、手にも汗を掻いている。入学式で新入生代表の挨拶をした時以上に緊張していた。

「突然押しかけてすみません。あなたに、お会いしたくて」

あなたに、の部分に力を込め、亘は笑顔を作った。

三枝家の応接間は一家団欒の居間というよりは、客を迎える応接間という単語がしっくりくる作りをしていた。併設されたキッチンも見えるため、普段から使っている部屋だろうが、あまり生活感はない。棚もテーブルも綺麗に片付けられ、急な来訪者を平然と迎えてくれる。

この応接間に致留がいるところを、亘はあまり想像できなかった。ここだけではなく、私物がほとんどない部屋もそうだ。

実の父、朔真晋太郎が亡くなってすぐ、父の同級生が母と再婚し、養父となった。彼の家に住むことになってから十年間、この家は致留のくつろげる場所ではなかったのだろう。

「父が高校時代、月暈高校で生徒会長をしていたと知って……父のことを知る人にお話をうかがいたかったんです」

「この前見かけた時から、そうじゃないかと思っていたよ。冴島先輩によく似ている」

衛は自らコーヒーを煎れ、亘の前に置いた。インスタントではない。上品な香りが応接間に立ちのぼる。わざわざ温めたミルクポットも隣に置かれ、亘はありがたく、ミルクを注ぎ足した。高価なコーヒーの香りが台無しだ、と不快感を示されるかと思ったが、衛は懐かしそうに目を細めた。

「冴島先輩もカフェオレ派だった。中古で手に入れたコーヒーメーカーを生徒会室に持ち込んで、こっそり冷蔵庫まで用意して」

「父さん、やりたい放題じゃないですか。ええと、やっぱりその……」

「ああ、先輩が生徒会長だった年、私は書記だった」

やはりそうか、と亘は密かに息を吐いた。

初めて会った時、致留が「冴島」と呼んだ際に衛が反応したことが気になっていたのだ。その時の声に敵意はなかった。むしろ懐かしそうに呼ばれた気がした。

致留は晋太郎も母も衛も月暈高校出身だと言っていた。もしかしたら衛が晋太郎を嫌うのは好きな女性が重なったことの他に、自分の尊敬する先輩を振り回す同輩にうんざりしていたこともあるかもしれない。

（致留は今、多分……）

致留は衛の不在時を狙い、彼の私室に侵入したのではないだろうか。あわよくばそこに父の私物が残っていないか、確かめるために。

だが絵本探しが長引くうちに、衛が帰ってきてしまった。なんとか彼に見つからない場所に身を潜めたはいいが、今度は出られなくなり……進退窮まった末に、亘に助けを求めた。

そんなストーリーが頭に浮かぶ。

根拠のない推理だが、「引きつけろ」という致留の言葉から、亘が思いつくのはこれくらいだ。ここで会話し、自分が衛を応接間に引き留めている間に致留のほうでなんとか脱出してもらうしかない。

「父が月暈高校に通っていたことは知っていましたが、生徒会に入っていたことは最近知ったんです。天文部の部室で部誌を見つけて」

「天文部……もしかして入っているのか？　ええと……」

「あ、亘と言います。冴島亘」

「亘くんか。私たちの時代は非常に活発だったが、今はどうなんだい？」

（……あれ？）

衛の声を聞き、亘は内心違和感を覚えた。晋太郎を嫌っていると聞いていたが、衛の声に天文部を疎ましく思う響きはない。憎き男が作った部なのだから、負の感情を持っていてもおかしくないと思ったが。

「当時は次から次に色々なことをしていたね。時として、それは多くの人に受け入れられたが、時として大きな騒動になった」

「騒動、とは……」

「近隣の住民を巻き込んで天体観測をするんだと言って大騒ぎした結果、参加した人数と帰る人数が合わない……なんてことがあってね。まさか屋上から落ちたのか、攫われたのか、幽霊かと大騒動になった。結局それは、途中で飽きた子供が誰にも言わずに帰っただけだったが、出入り口付近にいたあの馬鹿が『誰も出ていってねえよ』なんて言うものだから、話がややこしくなった」

「うわあ……」

「よくよく聞いてみたら、ただ居眠りをしていたせいで子供が出ていったことに気づかなかった、というだけだったよ」

衛の言う「あの馬鹿」が晋太郎のことだというのは直感で分かった。その声もやはり柔らかい。

「三枝さんは……致留のお父さんと仲が悪かった、んでしょうか？」

「ああ、何かと揉めてばかりいたね。あの馬鹿は予算も手間暇も度外視で、何かと大がかりなことをやりたがるし、そのたびに周囲をいつも振り回す。冴島先輩は面白いことが大好きだったから、あいつが何かを提案するたびに嬉々として参戦し、私に予算案やら企画書の作成なんかを頼んできてね。気の休まる時がなかったよ」

「なんだか楽しそうです」

「とんでもない。あんなことはもう二度とごめんだ」

ひらりと手を振ったものの、衛の仕草が途中で止まる。力なく手を下ろし、彼はぽつりと呟いた。

「本当に、あの日々が来なくなるとは思わなかったが」

「三枝さん……」

晋太郎も、亘の父俊馬もこの世を去るにはあまりにも早すぎた。残された衛は今も喪失感に苦しんでいる。

（そうか、この人は……）

致留の母が好きで、晋太郎の死を知ってすぐプロポーズしたわけではなかったのかもしれない。晋太郎がいなくなった後、残された家族が困窮することに思いをはせ……そのために行動を起こしたのではないだろうか。

　犬猿の仲だったというのに。

　揉めてばかりいたと衛自身が認めているのに。

（なんとなくだけど）

　初めてこの家を訪れた時、衛と致留の母の間に流れる空気感は少し不思議だった。十年間連れ添った夫婦というよりは、二人とも致留のほうを向いていた。夜、家を抜け出した致留の身を案じ、その素行を正そうと苦言を呈し、どちらも致留の帰宅を受け入れていた。

（母さんが心配してるのになんだその態度は、とか、お父さんに謝りなさい、とか……そういう発言は一言もなかったな）

　あれが、子供を育てるために手を組んだ二人組だと思うと、なんだか納得してしまう。

「あの、致留は多分誤解していて……その、一度しっかり話し合ってみるのは……」

「その必要はない。私は彼の父親になるつもりはないからね」

「その言い方は語弊があるんじゃ……」

　子供にとって大切な「父親」というポジションを奪う気はない、ということと、子供の保護者としての責任を果たす気がない、というのは全く別だ。

　だがそのどちらも「父になるつもりはない」という言葉で言い表せる。今に限らず、衛と致留は徹底的にすれ違ってきたのかもしれない。

「……っ」

その時、カタンと廊下（ろうか）のほうで物音がした。応接間の扉は閉まっていたが意識を集中させていたからか、誰かが足音を殺したまま廊下を移動し、玄関のドアを開けたことが感じ取れる。同時に亘のポケットでスマホが震えた。メッセージが届いた合図だ。

「あ、あの」

「長く話しすぎてしまったな」

どうやって辞退しようかと考えていた矢先、衛のほうが先に切り出した。困ったような微苦笑を見て、やはり亘はピンとくる。衛は亘と致留の企（たくら）みを全て知りつつ、あえて誘いに乗ってくれたのだと。

「冴島先輩の息子さんが立派に成長していたことが分かって、今日はとても楽しかったよ」

「三枝さん……」

「できれば、また遊びに来てくれ。アレはなかなか手がかかるが、父親に似て嘘はつかない」

「分かります」

そして養父に似て不器用な男だ。

何から何まで見抜かれていたことに不思議と心地よさを感じつつ、亘は深く頭を下げて三枝家を後にした。

＊　＊　＊

「おせえ」

亘が真っ暗な公園に着くと、致留はすでに来ていた。

三枝家の前で待っていると思っていたのに、「先に行ってる」というメッセージを受け取った時は呆れたものだ。

（あの言葉、致留には聞こえていたのか、いなかったのか……）

衛が「彼の父親になるつもりはない」と言った時のことを思い出す。あの時、確かに廊下の方でかすかに物音がした。

あの言葉を聞いていたのかどうか、目の前の致留の様子を見ても判断できない。ただ、不思議と今の致留は落ち着いているように見えた。初めて彼を見た時に感じた、暴力的なとげとげしさはどこにもなく、凪いだ海のような穏やかさがある。

「絵本、母さんが持ってたんだ」

結局、亘はそれには触れず、本題に入った。ボロボロの絵本をバッグから取り出すと、致留もまた同じ絵本を亘の前に差し出した。

「こっちもだ。あの野郎、自室に地下収納を作ってて、そこに全部隠してやがった」

「全部って？」

「親父の持ち物。ペア制度のトロフィーなんかも」

「捨ててなかったのか」

　何もかも捨てた冷血漢として長年憎んでいた男が実はそうではなかったと知り、今、致留はどんな気持ちなのだろうか。

（一瞬でわだかまりが全部消える、なんてことはないよな）

そんなに単純な問題ならば、十年間もこじれないはずだ。

だがその一方で、致留はどこか納得したような顔をしていた。もしかしたら彼もまた、共に生活する中で衛の実直さを感じる機会があったのかもしれない。それでも和解するきっかけを摑めないままここまで来ていただけだとしたら……。

（部屋に忍び込んだ甲斐はあったのかも）

　この先、二人がさらにどう変わっていくのかは気になるところだ。ただ今はそれ以上に、確かめなければならない問題がある。

「照らせ。読むから」

「俺が照明係なのか」

　軽く文句を言いつつ、亘は懐中電灯で致留の持つ絵本を照らした。彼の肩越しに絵本をのぞき込み、一ページ目から目を見張る。

「……あの絵本だ」

間違いない。何度も何度も開いたにもかかわらず、記憶の奥に沈んでいた光景が目の前に蘇る。


『ぽっかりぽっかりと、まあるい月がのぼる夜、しゅんたろうはそっとまどから、家を抜け出しました』


「主人公の名前、そういえば『しゅんたろう』だったな」

亘の父の冴島「俊」馬と致留の父の朔真晋「太郎」。

誰が作ったのかが分かれば、命名規則もすぐ見当がつく。

絵本は少ない文字数で、オノマトペが多い。

ぽっかりぽっかり昇る月。

てくてくと公園へ向かう足音。

さわさわと揺れる公園の木々。

そうした表現が多用されている。使われている音の響きが耳から頭に染みこんできて、心地よい。子供の興味を引く術を、父親たちは熟知していたようだ。

懐かしい気持ちが胸に広がっていく。言葉の一つ一つが、柔らかいタッチのイラストが「あの日」の記憶を呼び覚ます。

（でも）

年齢を重ねたせいなのか、制御できないほどの強大な感動はやってこなかった。胸の内から沸き起こる感動という意味では、更荷のお菓子を前にした時のほうがよほど強い。昔、大好きだったという記憶がこの絵本の魅力を何倍にも引き上げていたのだろう。

「ああ……ここだ」

後半にさしかかった時、致留が呟いた。

絵本の中では「しゅんたろう」が光るアイスの実を食べ、あちこちに足跡を残して遊んでいるシーンだった。

その奥に、風船を持ったピエロのシールが貼られている。

「そういやこれ、俺が貼ったな。なんかのおもちゃのおまけでついてきたやつ」

「もしかして」

亘はハッとし、自分の絵本をめくってみた。

同じページにピンクのウサギのシールが貼ってある。

「……俺もこれ、覚えてる。二人とも合ってたのか」

記憶が食い違っているように思えたが、判明した事実は他愛(たわい)ないものだった。亘も致留も、自分たちの好きなシールを貼っていただけだったとは。

「ここに友達がほしい、みたいなことを言った気がする。一人でこのお菓子の公園で遊ぶのはさみしい気がして」

「………」

致留の沈黙は肯定と同じだ。

もしかしたら自分たちが覚えていないだけで、シールを貼ることは父から促されたのかもしれない。息子がいつか、友人とこの公園で遊ぶ日を夢見て。

蛍(ほたる)が舞うように、見開きの一ページに細かい光点が散らばっている。光の粒の中、「しゅんたろう」はキャンディケインの登り棒に手をかけていた。

「……思い出した」

吸い込まれるようにそれを凝視した致留が呟いた。

「五本あるうちの、右から二番目。親父はここを指さしてた」

「そこに宝が?」

「くそ、左の端は掘ってたんだけどな」

バッと立ち上がり、致留は登り棒の元へ向かった。亘も慌てて追いかけ、彼の手元を懐中電灯で照らす。

致留は近くに落ちていた太い枝を手にし、土をかき分けはじめた。ざくざくと、土を掘る音だけが夜の公園に響く。

「これだ」

十センチほど掘った辺りで、手のひら大の丸いカプセルが見えた。

よくあるカプセルトイだ。透明なカプセルを回し開けると、中には小さな人形が入っている。

緑や紫色のペンキで顔や手足が塗られた、道化師（どうけし）のような人形だ。ぎょろりとした目も、大きくて丸い鼻も、お世辞（せじ）にもかわいいとは言えない。表情がコミカルなので、かろうじて「キモカワ」の範疇（はんちゅう）に収まるが、それでももらって喜ぶのは難しい。

「それが致留の宝？　なんなんだ、それ」

「知らねえ。……いや、ガキの頃、テレビでやってたアニメに出てきたか……？」

「ああ、言われてみれば、俺も見てた気がする。そこまで好きではなかったけど」

「俺もだ」

「…………」

「…………」

長い沈黙が落ちる。

形容しがたく、収まりが悪く、それでいてどこかむずがゆい。

「……あー」

先に口を開くのもはばかられるような時間が流れ……結局、致留が先にうめいた。迷いに迷い、意を決したように。

「つうか、なんだ。……アレだな」

「……ああ、あれだな」

顔を見合わせ、同時にうめいた。

「くっそ、どうでもいいな！」

「ふっ……ああ」

我慢しようと思ったが、できなかった。

胸中で一気に衝動が膨れ上がり、爆発する。

亘と致留は同時に噴き出した。

「はははははっ、くっだらねえ！　こんな人形、いらねえよ！」

「あ……あはははっ、じゅ……十年埋まってたんだから、そんなこと言うなよ！」

「どうでもいいわ。あの時もらったとしてもいらねえよ！」

自分たちはこんなに笑えたのかと驚くほど止まらない。

発作のような笑いが次から次にこみ上げてくる。

「苦労したのに！」

夜空に吠えた。

ここにたどり着くまで、とても苦労した。致留と出会い、おぼろげな記憶を頼りに手探りで絵本を探してきた。

致留の父が息子に残した、とっておきの宝だと思ったのだ。息子を愛し、その幸せを願う親からの唯一無二の贈り物だと。

（でも）

改めて考えてみれば、この結果は当然なのかもしれない。

致留の父、晋太郎はこの先もずっと自分の人生が続いていくと思っていただろう。

致留に絵本を読み聞かせることも、思いつきで行った宝探しも、その先も何回、何十回と繰り返すつもりだったはずだ。

だからこそ、こんなに微妙な宝を埋めた。どこでも買える人形を埋めた。

これが最後になるなんて、彼自身も思わなかったのだろう。

だがその後、病気が見つかり、宝探しどころではなくなり……結局、これが唯一の宝探しになってしまった。

「もっといいもんよこせよなあ、親父も」

笑いながら、致留が目元を拭ったように見えた。目の端でそれを捉えつつ、亘は見ないフリをした。代わりに、懐中電灯を持っていた絵本にあてた。

「俺も」

ページをめくろうとしたとき、「貸せ」と懐中電灯を取り上げられた。隣で、致留が絵本を照らす役を買って出てくれる。

「確か一番後ろのページだったんだ」

礼を言おうか迷ったが、結局亘は用件だけを口にした。そっちのほうが自分たちらしい。

ページをめくり、亘は最後の見開きを見つめた。

お菓子の公園で冒険を終え、三日月でできたソリに乗って「しゅんたろう」が家に戻ってくる。開け放たれた窓から部屋に戻り、彼はベッドに潜り込んだ。

『きづくとベッドのそばにあるつくえに、あたたかいミルクが、おいてありました。しゅんたろうはそれをごくごくぷはーとのみほすと　ふかふかのふとんにくるまりました。「ヨルレラミメユイイ」――。それがとっておきのおまじない。きょうもきっと、いいゆめみられるよ』

「よるれらみめゆいい……『いい夢見られるよ』……？」

「なんだ、逆さから読んだだけじゃねえか」

至極（しごく）ありふれた逆さ読みだった。

なんのひねりもなく、特別な言葉でもない。

これを唱えたところで、眠れるようになるとは思えない。不眠症を一瞬で消してくれる夢の呪文などなかったのだ。

「全く……期待外れだなあ」

「がっかりしたかよ」

「……いや」

やっと取り戻せた、という思いが胸を満たした。

泣き出すほどの切なさも、心から安堵するほどの喜びもない。

それでも息を吸おうとした喉が震えた。うっかり呼吸が乱れ、指先も震えた。

(父さん)

穏やかに眠る「しゅんたろう」の寝顔を見つめると、父の存在を感じた。このページを読み聞かせてもらっている時の、父のまなざしを思い出した。

(父さん)

穏やかな目をしていた。優しく笑っていた。

自分が父を見上げると、父はいつもそんな目で笑い返してくれた。

「父さんの声で、再生された」

頭の奥で、そっと父が唱えている。「ヨルレラミメユイイ」と願いを込めて。

それだけで、何も恐れるものなく眠りに誘われた頃の感覚が蘇った。

ず、と鼻をすすったが、致留は何も言わなかった。先ほどの亘と同じように、気づかないフリをしてくれたのだとちゃんと分かる。

慎重に自分自身の絵本をめくる致留を真似して、亘もしばらく絵本の世界に没頭した。

「そういえばさ」

やがて、亘は熱く息を吐き出した。

ようやく喉と目の奥の熱が落ち着いた気がする。もう普通に話せそうだ。

「ラスト、しゅんたろうが部屋に戻ってきた時にホットミルクがあるけど、これ、誰が用意したんだろう」

「親だろ。そうじゃなかったら、ホラーじゃねえか」

「でもそれだと、親は子供が家を抜け出したのを知ってたってことにならないか？　夜遊びに送り出したのかな」

「それは……知らねえよ」

少し考えたが思いつかなかったように、致留が顔をしかめる。

そんな子供っぽい表情に笑いながら、亘は空を見上げた。満天の星が広がっている。

「お菓子でできた公園のこと、しゅんたろうの親も知ってたのかもしれないな。自分たちも子供の頃に通ったって設定があるとか、意外なところで、あの公園は親が作った！　とか」

「お前、色々考える奴だな」

「考えよう。正解を教えてくれる人がいなくても、好き勝手に考えることはできるだろ」

そうしている間は忘れない。

今度こそずっと覚えている。

この絵本を大事にとっておいた亘の母や、衛にもいつか、話を聞く日が来るかもしれない。自分たちの父が彼らにとってどういう存在だったのか……。彼らは一体どんな日々を過ごしたのかを。

「……うん？」

その時、不意にスマホが震えた。なぜか、天文部の部長、永盛(ながもり)からメッセージが届いている。

『今月の天体観測、部外者呼ぶのはどう思う？』

「今月の……」

一瞬、そのメッセージの裏にどんな思いが込められているのか、分からなかった。三ヶ月間、やる気もないまま行わなかった合宿を再開するのは良い。だが部外者を呼ぶというのは……。

「もしかして」

派手な外見の先輩女子の顔が脳裏をよぎる。永盛が勇気を出して彼女を天体観測に誘ったものの、結局不運が重なり疎遠になってしまったという過去の話も。

もしかして永盛はずっとそのことが頭に引っかかっていたのだろうか。あと一歩を踏み出せなかった自分の勇気のなさを悔いていたのかもしれない。

むろん、これは亘の願望だ。永盛に直接聞いてみるまで、彼の真意は分からない。今はただ、彼の質問に返事をするだけだ。

『いいと思います』

それだけでは不十分な気がして、もう一通送っておく。

『やりましょう。楽しみです。俺も準備します』

『よし、やるか！』

永盛からもすぐに返信があった。その速さに彼のやる気を感じ、自然と笑みがこぼれた。

「ニヤニヤしてどうした」

不審そうに問いかけてくる致留に、亘は笑った。

「今月、天文部で天体観測をするんだが、お前も来ないか？」

「はあ？」

「更荷と……ああ、三ツ谷先輩も誘おう」

小学生時代は仲のよかった致留のことを今でも気に掛けている少女だ。受験勉強で忙しいと言っていたが、致留も来ると言えば検討してくれるかもしれない。

「まだ梅雨も明けてねえし、今月だと雨降る可能性もあるだろ。八月にしろよ。ペルセウス座流星群があるし」

「そういえばそんなこと言ってたな。本当、星に詳しい」

「天文部のお前が知らねえほうがおかしいんだよ」

致留の憎まれ口も不思議と心地よい。

空を見上げると、ぽっかりと大きな月が浮かんでいた。絵本の中のように、地上まで金色に染めたりはしてくれないが、その存在は暗闇の中で、とても心強く映る。

「……ふぁ」

見上げていると、とろとろと眠気がやってきた。

フワフワとした足取りはまるで、夢の中で歩いているようだ。

もしかしたらもうすでに自分は寝ているのかもしれない。

そんなことを考えながら、亘は空を見上げた。

「今日は、いい夢見られそうだ」

瞬きと同時に、微笑む父の顔が見えた気がした。

了

※この作品はフィクションです。実在の人物・団体・事件などにはいっさい関係ありません。

集英社オレンジ文庫をお買い上げいただき、ありがとうございます。
ご意見・ご感想をお待ちしております。

●あて先
〒101-8050　東京都千代田区一ツ橋2-5-10
集英社オレンジ文庫編集部 気付
樹島千草先生

月夜の探しもの

2024年3月23日　第1刷発行

著　者　樹島千草
発行者　今井孝昭
発行所　株式会社集英社
〒101-8050東京都千代田区一ツ橋2-5-10
電話【編集部】03-3230-6352
【読者係】03-3230-6080
【販売部】03-3230-6393（書店専用）
印刷所　大日本印刷株式会社

ISBN 978-4-08-680549-0 C0193

集英社オレンジ文庫

ゆうきりん

大江戸恋情本繁昌記
〜天の地本〜

大御所作家と揉めた末にトラックに
轢かれた女子編集者の天。目覚めるとそこは
江戸時代!?　江戸での生活に
慣れてきた天は出版社兼印刷工房である
「地本問屋」で働くことになるが…?